光文社文庫

文庫書下ろし／長編時代小説

外《と》様《ざま》喰い

くノ一忍び化粧

和久田正明

光文社

この作品は光文社文庫のために書下ろされました。

目次

くノ一忍び化粧
外様喰《とざまぐ》い

前口上

戦国の世から遠く離れ、文化爛熟《らんじゆく》、百花繚乱《ひやつかりようらん》の元禄《げんろく》の世が過ぎようとしていた。

元禄快挙録と謳《うた》われた赤穂《あこう》四十七士も、すでにこの世にはいない。

大石内蔵助《おおいしくらのすけ》は、仁《じん》、義《ぎ》、礼《れい》、智《ち》、信《しん》の五つの教えが好きな男であった。士道のために武士が死するは当然と、大石は仇討《あだうち》に邁進《まいしん》し、本懐《ほんかい》を遂《と》げた。

しかし、士道を守って生きるのは男だけとは限らない。

士魂《しこん》を持った女もいる。

それが大石の忘れ形見、くノ一の薊《あざみ》である。

薊のなかには、父の意志である五つの教えが脈々と受け継がれていた。

それは武士のみにあらず、日本人が忘れてはならない五つの美学である。

それを守るべく、薊は今日も世の非道を正しに行く。

第一章　血筆帳《ちふでちょう》

一

因幡国《いなばのくに》（鳥取県）羽衣藩《はごろもはん》七万石が改易《かいえき》となったのは、元禄《げんろく》十六年（一七〇三）正月半ばのことであった。

そのひと月前の十二月十四日には赤穂浪士《あこうろうし》による吉良邸《きらてい》討入り事件が起こり、満天下を湧かせていた。そういう一方で、山陰の海に面した風光豊かなこの地でも、大騒動は起こっていたのである。

羽衣藩改易の理由は、藩主荒尾丹後守光仲《あらおたんごのかみみつなか》三十二歳の乱心で、光仲が城内にて正室と侍女を含む三人の女を斬殺したことによるものであった。

改易が決定するや、老中の指示の許《もと》に奏者番《そうじゃばん》が立ち、これが主導的に動き、御目《おめ》付《つけ》、御使番《おつかいばん》、小姓組《こしようぐみ》が添目付《そえめつけ》に任ぜられた。添目付とは助役《すけやく》のことである。さらに城受取り大名が定められ、在番大名や代官らがこれを補佐する役目に廻った。そうして奏者番が中心となり、改易の作法や前例に則《のつと》って、城明け渡しの事務引継ぎが粛々《しゆくしゆく》と進められた。

それらの手続きが滞《とどこお》りなく済んだのは、改易決定より三月《みつき》後のことで、世はすでに初夏を迎えていた。

御使番保利久右衛門《ほりきゆうえもん》が総代として羽衣城に乗り込み、国家老田村主水正《くにがろうたむらもんどのしよう》に引導を渡し、黒印状《こくいんじよう》と老中下知状《げちじよう》を読み上げた。

黒印状とは将軍や大名が改易にあたって発給する書状のことで、またを「御黒印《ごこくいん》」とも呼ばれている。下知状の方はその名の通り、老中からの下命書である。

女三人を斬ったからとて、藩主のことゆえ罰せられることはなく、光仲は城下外れの館に移り住み、そこに隠棲《いんせい》していた。しかしいずれどこかへ流れてゆかねばならず、家臣たちの多くが離散した今、光仲が零落《れいらく》の身であることに変りはなかった。すでに彼は腑抜《ふぬ》けたようになり、ほとんど惚《ほう》けて暮らしているという。

それ以前の光仲は名君の誉《ほま》れ高く、家臣や領民に慕われていただけに、その変り果てた姿を嘆く声も多かったようだ。

役目を終えた保利が席を立って辞去しようとしていると、背後で洟《はな》を啜《すす》り上げる声が聞こえた。

それは田村の嗚咽《おえつ》にほかならず、保利は暫《しば》し迷うように佇立《ちょりつ》していたが、意を決して向き直った。

五十になる保利はこれまでに何度も改易の任を経験しており、時にお上《かみ》の無情さに憤《いきどお》りを感じることもあった。冷徹な官吏では決してないのである。

「いかがなされたか、ご家老殿」

保利の情理を尽くしたやさしげな口調にほだされたのか、田村は肩衣《かたぎぬ》を震わせながら、

「と、取り乱して相すまぬ……」

六十に手の届く皺《しわ》だらけの顔を悲痛に歪《ゆが》ませ、慨嘆《がいたん》した。この三月の間に田村は心労が祟《たた》り、見る影もなくやつれていた。

かける言葉も見つからぬまま保利が無言でいると、田村が奇妙なことを口走りだした。

「刃傷《にんじょう》沙汰《ざた》はまっこと殿の所業《しょぎょう》に相違はないが、あれは卑劣な罠《わな》にはめられたものでござるよ」

聞き捨てならないので、保利がカッと目を見開いた。

「この期《ご》に及んで何を申されるか。ここに至る三月の間に、われらが何度も当地へ足を運び、検証を重ねて参ったのですぞ。今さら異説を唱えられても迷惑千万《めいわくせんばん》」

保利の語気の強さに、田村はやや狼狽《ろうばい》し、

「元より御沙汰《ごさた》を覆《くつがえ》すつもりなど……これも羽衣藩の命運と、すでに諦《あきら》めも致しておる」

「では、何ゆえ」

「殿が不憫《ふびん》でならず、思い余っての末にかような愚痴《ぐち》を。お聞き流し下され」

「愚痴にしては重大過ぎましょう。また聞き流す事柄でもござるまい。もはや事態は変えられぬとしても、みどもの耳にだけは入れて頂きたい。卑劣な罠とはいかなることにござるか。有体《ありてい》に申されよ、ご家老殿」

「実は、そのう……」

そうして田村の語った内容はあまりに奇怪で、保利を大いに困惑させるものであった。

この十数年、財政が逼迫《ひっぱく》していた羽衣藩では、立て直しを計《はか》るために外部から人を招くことになった。そしてあらゆる伝手《つて》を求めて探した結果、さる公家《くげ》筋から有力な人物を引き合わされた。その人物は儒者《じゅしゃ》であり、武士でもある蛭間伊右衛門《ひるまいえもん》という男であった。

羽衣藩に招かれるや、蛭間は少数の供をしたがえてやって来て、城内の一角に居を構えて藩財政の立て直しに着手した。綱紀粛正《こうきしゅくせい》、信賞必罰《しんしょうひつばつ》、儒学奨励《じゅがくしょうれい》、藩法の制定整備、沿革調査などを次々に打ち出し、さらに地方巧者《じかたこうしゃ》に用水路を開かせて新田開発をさせ、年貢《ねんぐ》、課税の収取基準を明確にして民政の安定に努めた。

その功はわずか半年でめざましいものがあり、藩主光仲は蛭間の働きに感謝し、五百石の扶持《ふち》を与えて厚遇した。

そこまではよかったのだが、蛭間はさらに無駄な人員を削減して財源を潤そうとし、家中《かちゅう》全員から強い反撥《はんぱつ》を受けた。それでも蛭間は削減を断行し、益々の混乱を招いた。家中は騒然となり、収まりがつかず、重職方が乗り出した末にその後の人減らしは頓挫《とんざ》した。

蛭間は面白くなかったのであろうが、その時はすんなり身を引いて事は沈静化したかに思われた。しかしそれから暫《しばら》くして、蛭間の行いを面詰《めんきつ》した勘定方《かんじょうがた》の役人三人が次々に変死を遂げたのである。いずれも下城後の事故死であったものの、三人の死は蛭間の仕業ではないかと不穏な噂が飛び交った。さりとて証拠は何もなく、ましてや風聞《ふうぶん》や疑惑だけで裁くわけにはゆかず、その件は一切不問に付された。

だが蛭間へ不審や不満を抱く家臣は多く、その突き上げを田村は懸命に抑えた。蛭間はもう役割を終えたのだから、遅かれ早かれ出て行くものと思っていたのだ。

ところが蛭間はさらにそれから半年の間居座り、栄耀栄華《えいようえいが》を極めた。その間、家中に諍《いさか》いが絶えなくなり、人心は乱れた。それらはすべて蛭間のせいであった。人と人との仲を故意にこじらせ、争わせるのである。それはまるで、家中を攪乱《かくらん》させるのが蛭間の狙いであるかのようにも、田村の目には映った。

やがて蛭間の魔の手は光仲の正室へ伸び、美貌《びぼう》を誇っていた彼女は蛇蝎《だかつ》のごとくに蛭間を嫌っていたのだが、その奥方が不義密通を犯しているのではないかと、蛭間は光仲に囁《ささや》いたのである。

聡明な光仲は一笑に付して取り合わなかったが、すると蛭間は次の手に打って出た。

ある夜、蛭間は奥方のよがり声を光仲に聞かせたのである。光仲が逆上して寝所《しんじょ》に踏み込むと、黒い男の影が逃げて行き、そこに裸にされた奥方が手足を縛られて転がされていた。何者かに凌辱《りょうじょく》されたのだと奥方が訴えても、光仲はそれを退けて抜刀した。その耳に残った奥方のよがり声が消え去らず、光仲を狂乱させたのだ。

しかし奥方はそんな声など漏らしていないと言い張ったが、もはやその叫びは光仲には届かなかった。

それで光仲は奥方を斬り、止めに入った侍女二人をも錯乱の末に斬ったのである。

さらに面妖《めんよう》なことは、藩ではその惨劇をひた隠しにしていたのに、半月も経《た》たぬうちにお上の知るところとなり、改易を言い渡されたことだった。

刃傷沙汰の検証の間、蛭間伊右衛門の名は出てこず、さらなる聞き取りのなかでようやくその存在を知った程度で、蛭間は事件とは無関係の人物と、保利は今の今まで思っていた。それだけに衝撃は大きかった。

「そ、その蛭間なる男、今はいずこに」

保利がかすれたような声で問うた。

蛭間という男が奇怪至極《きっかいしごく》で、身の毛のよだつような思いさえした。

田村は意気阻喪《いきそそう》とした風情でうなだれ、

「改易が決まったとたんに跡形もなく姿を消しおった。殿から拝領した剣《つるぎ》や黄金など、何ひとつ残さずにの。蛭間伊右衛門、あ奴はまさに兇賊《きょうぞく》でござるよ。外様《とざま》を喰《く》らうために魔界から差し遣わされた化け物のような男じゃ」

城代家老の告白を聞いても、保利にはなんらなす術《すべ》はなかった。奥方と侍女たちを光仲が斬ったことは動かし難い事実なのだ。義憤に駆られて蛭間を追ったとて、なんの罪に問えようか。

そうして保利は城門を出たところで、ふっと何かを思い出して不審な顔になった。それは羽衣藩に蛭間を引き合わせたのが公家筋であると、そう漏らした田村の言葉だった。その場で深くは詮索《せんさく》しなかったものの、それがずっと保利の耳の底に残っていた。

(蛭間という男には公家がついているのか)

疑惑はさらに募ったが、保利はそれ以上の追及をやめて蓋《ふた》をした。

(もう何も考えまい、羽衣藩の件は終わったのだ)

公儀の使者としては、事なかれに徹するしかなかった。

二

「さてもさてさて、ご愛敬《あいきよう》に興じまするは豆と徳利《とつくり》にござあい。豆は軽し、徳利は重し、釣り合わぬところへさらに石が加わります。こいつも重たいやつでございます。これを間を合わせましてふんわりと受ける。こいつは大層こわいやつでございますよ。とうとうとうとう、さても有難き幸せ。鳥目《ちょうもく》が四ぶ六二十四ござりますれば、これをのちのち倍にして下さりませ」

取り巻いた大勢の客に向かって放下師《ほうかし》が口上を述べ、おもむろに大道芸を始めた。

放下師とは平安時代から伝わる曲芸師のことで、時に手妻《てづま》（手品）をも取り入れて大道芸を披露《ひろう》し、銭稼ぎをする手合いだ。

その放下師は四十前後の中年男で、黒紋付《くろもんつき》に袴《はかま》をつけた蝦蟇《がま》の油売りのようないでたちである。そしてもう一人手伝いの男がおり、これは年若で、威勢よく着物の裾を端折《はしょ》っている。どちらも真っ黒に日に焼けて、江戸者ではない雰囲気だ。

そこは両国広小路《りょうごくひろこうじ》の盛り場である。

大道芸は「豆と石と徳利の曲取り」という芸で、まずは放下師がひと粒の豆を空中に投げ、それを鎌で真っ二つに割ってみせた。

客がどよめき、驚嘆の声を漏らすと、今度は放下師は地面を掘って瓜《うり》の種を蒔《ま》き、その周囲に小さな障子屏風《しょうじびょうぶ》を立て、それに風呂敷を広げて被《かぶ》せるや、「生《な》ったり、生ったり」と呪文のように唱えて手を叩いた。

客が固唾《かたず》を呑んで見守るなか、やがて放下師が風呂敷と屏風を取り除くと、蔓《つる》が出て瓜が生っているではないか。またまた客が驚くや、放下師はもう一度屏風を廻して風呂敷を被せ、そのなかへ玉子を一つ入れた。そしてまた手を叩いて風呂敷を取ると、今度は鳩《はと》が一羽現れて飛び立って行った。

むろんそれらはまやかしなのだが、曲芸と手妻を組み合わせた見事な芸に、客たちは拍手喝采《はくしゅかっさい》である。

「それに三味線《しゃみせん》も弾いたりよう。あ、それそれそれ」

放下師が賑《にぎ》やかに三味線を引いて囃《はや》し立てると、手伝いの男が笊《ざる》を手に、取り巻いた客の間を腰を低くしてめぐり歩き、見料《けんりょう》を取り立てる。

すると客のなかからぐいっと手が伸び、一人の絵馬《えま》売りが笊に小銭を落とし、手伝いの男と含みのある視線を交わした。男がその視線をすうっと放下師の方へ投げる。放下師の表情から笑みが消え、絵馬売りへうなずいてみせた。

絵馬売りはそのまま立ち去り、放下師たちもそそくさと店仕舞《みせじま》いを始めたのである。

三

絵馬売りは両国橋を東へ渡り、竪川《たてかわ》の河岸《かし》沿いをまっすぐに歩いて行く。

彼はその名を色四郎《いろしろう》といい、三十前後のやさ男で、のっぺりした顔に凡庸《ぼんよう》な目鼻のついたどこにでもいる零細な小商人風《こあきんどふう》だ。天秤棒《てんびんぼう》の両端にぶら下げた沢山《たくさん》の小絵馬が、ガラガラと賑やかな音を立てている。

その後方から、放下師と手伝いの男がついて来ている。

やがて絵馬売りは本所《ほんじょ》三つ目の花町《はなまち》という町へ入って行き、大通りから一つ裏へ入った二軒長屋へ辿《たど》り着いた。そこは弁天長屋《べんてんながや》といい、柿葺《こけらぶき》屋根の二階建である。

これはこの当時の長屋としては高級な部類に属するもので、間口二間《けん》半（四・五メートル）、奥行きは三間（五・五メートル）となり、一帖《じょう》の土間と二帖の台所、一階八帖に押入れ、連子格子《れんじごうし》の窓、それと二階への階段がついている。二階も八帖に押入れつきで、物干台《ものほしだい》まである。

一般の棟割《むねわり》長屋は平屋造りがほとんどで、土間と台所、六帖か四帖半一間《ひとま》のみで押入れのない造りだから、弁天長屋は贅沢《ぜいたく》なのである。それでいて弁天長屋の前はすべて商家の裏手になっているので、人目につかない構造ということになる。

小絵馬の騒ぐ音を聞きつけ、一軒の家の油障子を開けて二人の娘盛りが顔を覗《のぞ》かせた。地味な小紋柄の小袖を着た、萩丸《はぎまる》と菊丸《きくまる》である。

彼女たちは共に十八で、萩丸はきれいな瓜実顔《うりざねがお》をしており、雪白の貌《かお》に微《かす》かにそばかすを散らせ、黒く大きな瞳に鋭い眉宇《びう》を具《そな》えている。菊丸の方はやや丸顔で色浅黒く、山猫のような吊り上がり気味の双眸《そうぼう》に、痩身《そうしん》の身は引き締まって、野性的な感のする娘だ。

色四郎は二人へうなずいておき、後ろをふり向いて目顔でうながした。すると放下師と若い男が足早にやって来て、萩丸たちが無言で家のなかへ招き入れた。色四郎は隣りの自分の家へ入り、天秤棒を置いて来ると萩丸たちの家へ入った。

一階の座敷に五人が揃う。

「薊《あざみ》様はどうなされた」

まず色四郎が問うと、それには萩丸が答えて、

「今日は高輪《たかなわ》へ参られました。間もなく戻られましょう」

「そうか」

そこで色四郎は男たちへなつかしい目を向けて相好《そうごう》を崩し、

「何年ぶりになるかな、おまえたち」

膝《ひざ》を揃えた放下師の蓮三《れんぞう》、若い霧助《きりすけ》が初めての笑みを見せ、

「三年ぶりでございますよ、色四郎様」

蓮三が答え、霧助も心浮かせた様子で、

「色四郎様もお変りもなく」

「うむ、見ての通りだ」

霧助はさらに萩丸たちを見やって、

「萩丸も菊丸もすっかり娘らしくなったではないか。二人とも甲斐《かい》の山里にいた頃は山猿のようであったからな。お江戸の水に洗われて垢抜《あかぬ》けたものだ」

萩丸と菊丸はムッと面白くない顔で見交わし合い、

「菊丸、言うに事欠いて、わたしたちを山猿ですと」

「ご自分はなんなんでしょう。わたしどもが山猿なら霧助殿は狐《きつね》か狸《たぬき》でございますわね」

「それならまだしも、霧助殿は泥田のなかにいる蛙《かえる》でございますよ。おお、嫌だ」

蛙と言われて霧助が腐ると、四人がパッと屈託《くったく》なく笑った。

そこへ黒っぽい小袖姿の薊が帰って来た。

五人が一斉に叩頭《こうとう》する。

「まあ、蓮三に霧助、いつ江戸へ」

薊が問うと、蓮三が昨日着到し、回向院《えこういん》近くの木賃宿《きちんやど》に投宿して、両国広小路でこうして色四郎様とつなぎが取れたのだと言う。

それをうなずいて聞いている薊は、まだ十九の年若い娘でいながら、すでに女らしい情感を湛《たた》えた美形である。馥郁《ふくいく》とした若さは匂うようで、しなやかな肢体《したい》を併せ持ち、切れ長の明眸《めいぼう》は気高《けだか》くさえあった。

四

「して、こたびの用向きは」

薊が言葉少なに問うた。

すると蓮三は懐中深くから一冊の帳面を取り出し、薊の前へ置いて、

「これをご覧《ろう》じ下さりませ」

薊が帳面を手にしてパラパラとなかをめくるうち、スッと眉根を寄せた。

文字の行間に所々、血が飛び散っているのだ。

「それは血筆帳《ちふでちよう》と呼ばれるものでございまして、半月ほど前にわれらの元に届けられたのでございますよ」

「血筆帳……」

聞き馴《な》れぬ言葉なので薊が思わずつぶやくと、蓮三が説明する。

「その名の通りに書き主は疵《きず》を負うか、あるいは死の寸前なのか、ともかく切迫した状態のなかで書き留めたものなのでございます。ゆえに戦国の昔からそれを血筆帳と呼んでおります。われら夕影村《ゆうかげむら》の合議で、これを薊様にお届けするようにと仰《おお》せつかりました。あとは薊様のご判断にお任せしようと」

夕影村とは、甲斐国身延《みのぶ》の山奥にある薊たちの生まれた隠れ里の名だ。

血筆帳に目を通すうち、薊の表情が険しいものに変わってゆき、一同も固唾を呑むようにして見守った。

表をのどかな苗売《なえう》りの声が通って行く。

そこにいる六人の正体は戦国の世からひそかに脈々とつづく忍びの者で、薊は上忍《じょうにん》、色四郎は中忍《ちゅうにん》、そして萩丸、菊丸、蓮三、霧助たちは下忍《げにん》ということになる。忍びの世界はこのようにして上下関係がきちっと作られ、厳然と守られているのだ。

薊たちの始祖はかの戦国武将武田信玄《たけだしんげん》で、戦国時代、情報戦の必要から信玄は忍びの者やくノ一の育成にどの武将よりも力を入れ、そこで確立されたのが透波《すっぱ》と呼ばれる甲斐の忍びであった。

今は戦国から遠く離れた元禄の御世《みよ》で、まさに太平の真《ま》っ只中《ただなか》にある。戦《いくさ》がないから情報戦に躍起になることもなく、身の危険に晒《さら》されるはずもない。しかし忍びの身についた習性で、決して余人のように太平楽《たいへいらく》に暮らせないのが彼らなのである。

郷里から遠く離れ、こうして江戸に流れ着いて暮らすうち、薊たちはある「仕事」を始めた。

それは紛争の鎮圧や刺客依頼、あるいはその阻止をすることである。謀略を探り、諜報活動をするのはお手のものゆえ、芸は身を助くなのだ。生活もあるから一件幾らでそれらの仕事を請負い、報酬を得ている。

しかしあくまで騒動を起こさないことが主眼で、決して銭稼ぎが目的ではないのだ。戦乱の世は薊がもっとも嫌うところであった。

役目を終えた蓮三と霧助が帰って行くと、薊は色四郎たちと共に二階の薊の部屋で向き合い、密議となった。

血筆帳の書き主は、美作国《みまさかのくに》(岡山県)上房藩《じょうぼうはん》五万五千石の国家老牧口仙左衛門《まきぐちせんざえもん》、と文末に記されてあった。

中国筋からのその書状が、めぐりめぐって甲斐の透波の隠れ里に届けられたのである。そしてそこには、牧口の血涙咽《けつるいむせ》ぶような思いが綴《つづ》られてあった。

それによると、こうである。

今年に入ってから領内で原因不明の暴動が勃発し、一部の領民五百人余が決起し、あちこちで打ち毀《こわ》しが相次いだ。災害や飢饉《ききん》に見舞われているわけではなく、藩財政も安定しているので、藩では不審に思って調査に乗り出した。するとある大百姓の家に滞在している旅の儒者が暴動の首謀者で、この男が領民を煽動《せんどう》していることがわかった。

儒者は尼子道円《あまこどうえん》という名で、領民に対していたずらに危機感を煽《あお》り、農政の過ちを説き、暗愚な衆生《しゅじょう》の人心を操っていたのだ。藩が討手《うって》を差し向けると、道円はたちまちいずこへか姿を消し、討手らは農民の群れに取り囲まれたという。

そうこうするうちに領内各地で火の手が挙がり、大火となって城にまで累《るい》が及んだ。そういうごたごたが続発したところで、突如公儀の使者が江戸からやって来て、改易を申し渡したのである。政情不安がその理由で、藩としては抗弁できず、それに屈するしかなかった。道円憎しと血気《けっき》に逸《はや》った家臣団が討伐隊を作り、血眼《ちまなこ》で探しまくったがその行方は杳《よう》として知れなかった。

あとに残されたのは、途方にくれた藩主の一族と禄《ろく》を失った多くの家臣たちであった。

ところが浪々《ろうろう》の身となった牧口仙左衛門が親類を頼って播磨国《はりまのくに》（兵庫県）へ向かっていると、山陽道《さんようどう》で道円に偶然出会ったのだ。思わず牧口は逆上して斬りつけたが、あえなくも返り討ちにされた。そこで牧口は瀕死《ひんし》のなかでこの血筆帳を書き遺したのである。それを供《とも》の中間《ちゅうげん》和平《わへい》なる者に託し、ひそかに人伝《ひとづ》てに聞いていた甲斐国の忍びに怨《うら》み晴らしを頼んだのだ。

その忍び仲間の添え状として、牧口はすでにこの世にないが、和平は今は播磨国の加古川《かこがわ》で船頭をしているとあった。それが唯一の取っかかりである。

書面の向こうからは、牧口のみならず、上房藩一族郎党の怨嗟《えんさ》の声が聞こえてくるようであった。

そして別に紙包みがあり、そこには一両の金子《きんす》が添えられてあった。五万五千石の藩とは思えない金高で、それが理不尽《りふじん》にも路頭に迷わされた彼らの現実を物語っていた。

「この仕事、受けようと思います」

薊が切ない思いで一枚の小判を手にし、三人を見廻して決意の目になって言った。

「この道円なる男が何者なのか、早速播磨へ飛んで探索に取りかかりましょう。道円の狙いは何か、何ゆえかかる非道を行ったのか、その正体も含めて知りたいところですね。あるいは道円は名を幾つも持っていることも考えられますし、ほかでもおなじようなことをしているやも知れません。手掛かりは彼奴《きゃつ》が儒者ということです。たとえどの地にいようが、かならずや道円を見つけだし、上房藩の方々の無念を晴らすのです」

三人が同意し、旅支度があるからと、萩丸と菊丸は家を出て行った。薊と二人だけになると、色四郎が遠慮がちに切り出した。

「薊様、今日も高輪へ参られたのですな」

「はい」

薊が静かな目で、色四郎にうなずいた。

この薊こそ、実は元播州《ばんしゅう》赤穂藩城代家老大石内蔵助良雄《よしお》の隠し子で、それが去年の討入り快挙後に今生《こんじょう》の訣《わか》れをしていた。やはり甲斐国のくノ一であった薊の母琴音《ことね》が、幾星霜《いくせいそう》を遡《さかのぼ》ったその昔に、大石と睦《むつ》み合って生まれたのが薊であった。初めのうちこそ母を弄《もてあそ》んだ憎い父親と思っていたが、そのうちそれが薊の思い違いであることがわかると、頑《かたくな》な心を氷解させ、大石と哀切極まりない訣れとなったものだった。今年、元禄十六年の二月四日に大石ら四十七士が切腹をし、芝《しば》の高輪泉岳寺《せんがくじ》へ葬《ほうむ》られるや、月に一度の墓参を欠かさぬ薊であった。

「薊様、長旅に出ますと、お墓参りが叶《かな》わなくなりまするな」

「それも致し方ありますまい。きっと父がこのわたくしをご加護して下さると、

「信じておりますよ」

「はい、はい、わたくしもまっことそのように……」

大石と薊のはかない親子関係を思い、色四郎はぐずっと洟を啜った。

薊は遠くを見るような目で、鬼籍《きせき》に入りし人を偲《しの》んでいた。

五

播磨国加古郡《かこごおり》にある加古川の辺りには、五社大明神《ごしやだいみようじん》があり、また古刹《こさつ》や弁財天《べざいてん》なども多く、それらが霊験灼《れいげんあらた》かと伝え聞いた衆生が連日こぞって訪れている。ゆえに山陽道を往来する旅人は、東海道《とうかいどう》並の賑わいなのだ。

今しも加古川に三十石船が着岸し、大きな船着場は乗降する旅人で溢《あふ》れ返っていた。ここは船子《ふなこ》（船頭）の数も百人近くいて、大勢なのである。

老船子の和平が下船して来て、葦簾《よしず》の陰の床几《しようぎ》に腰をかけ、煙草《たばこ》を一服やろうとしていると、茶店の小女《こおんな》が呼びに来た。

「和平さん、お客さんが呼んでますよ」

誰だろうと思った和平が、小女が手で指し示す方を見やると、河原に見知らぬ男が立っていて、こっちへ愛想《あいそ》よく笑ってぺこりと頭を下げた。

菅笠《すげがさ》を被り、肥後木綿《ひごもめん》の半合羽《はんがっぱ》に道中差《どうちゅうざし》、着物の裾を端折った旅のその町人こそ、色四郎である。

「誰だね、おめえさんは」

和平がうろんげに寄って行くと、色四郎が辺りを憚《はばか》りながら囁いた。

「父っつぁん、あたくしは甲斐の里から使わされた者でございますよ」

それを聞いて、和平がスッと表情を引き締めた。


弁財天の裏はひっそりとして人影もなく、緑陰からはむせ返るような真夏の熱気が漂っていた。樹木のあちこちで蟬《せみ》が鳴いている。

色四郎が和平を伴ってやって来ると、そこに薊、萩丸、菊丸がいた。

薊たちも旅姿で、勾配《こうばい》のゆるやかな菅笠を被り、小袖は足運びのよいように裾短かに着て、手っ甲《てっこう》、脚絆《きゃはん》に可憐な凜々《りり》しさを見せている。

三人とも背丈がすらっとしているから、まるで絵から抜け出た弁天娘のようである。女の白足袋《しろたび》は決まりもので、草鞋《わらじ》には後ろ掛けの紐《ひも》がついている。そしてもうひとつ、女旅の決まりものとして杖《つえ》を突いているが、薊たちのそれは仕込み杖、いや、改造された忍び刀なのである。

彼女たちは名乗りこそしなかったが、和平は恭順《きようじゆん》の意を表してその場に畏《かしこ》まった。

「ご家老牧口殿のこと、お悔やみ申し上げます。さぞ無念でありましたでしょう」

薊がそう言うと、和平は怒りがこみ上げてきたのか、声を震わせて、

「へい、それはもう……道円というとんでもねえ野郎に取り憑《つ》かれちまいやして、お家はお取り潰しに……こんな悔しい思いをしたことはございやせん」

「どんな男ですか、道円とは。まず人相風体を聞かせて下さい」

つづけて薊が聞く。

「へい、あの面《つら》は忘れもしません。歳は恐らく四十がらみかと思われやすが、顔は憎々しいぐれえに肉が厚くって、目つきが怖ろしいほどに怕《こわ》く、鼻は異人みてえに高くて折れ曲がっておりやした。それで躰《からだ》はがっしりしていて、手足がふつうの人より長《なげ》え野郎なんです。あれはまるで、鬼が人の姿を借りてるようでございましたよ」

「連れはいないのですか」

さらに薊だ。

「おりました。倅《せがれ》らしい若《わけ》え男と、それに下男と下女が一人ずつついておりやした。道円と倅はさむれえの身装《みなり》をしてるんです。その四人でどこから来たものか、作州《さくしゅう》に旅して来やしたんで」

「牧口殿を斬ったのはそのうちの誰ですか」

薊が畳み込む。

「倅の方です。こいつが滅法《めっぽう》強くって、旦那様はあっという間に斬り立てられました。それを道円たちは笑って見てるんです。あれは人殺しを愉しんでるようでした」

「その折、牧口殿は止《とど》めを刺されなかったのですね」

「街道のことですからそこへ人が来て、奴らは逃げて行きやした。旦那様は草むらへあたしと入りまして、帳面に道円の非道を書き始めたんです。しっかりした御方でしたから、それを最後まで書いて、これを甲斐国身延山の宿坊小林房《しょうりんぼう》という寺へ届けてくれと。そう言ってあたくしに帳面となけなしの一両小判を託しまして、旦那様は息を引き取られたんでございますよ」

和平が滂沱《ぼうだ》の泪《なみだ》を溢れさせ、手拭いで顔を覆《おお》って咽び泣く。

身延の山中にある小林房という宿坊が窓口になっていて、そこの住職は透波ゆかりの者なのである。そしてこのような書状は、住職が薊たちの隠れ里である夕影村へ、極秘に届けることになっていた。

「道円にまつわることで、ほかに何かありませんか」

薊の問いに、和平は暫し考えていたが、

「どうしたわけか、奴らは揃いも揃って足が速いのです。あれだけは不思議でございましたな。ここにいたかと思うともうあっちに。それと仲間同士で話す時は、ほとんど聞き取れないような声で喋るんです」

それは忍びだ。

薊が三人とさり気なく視線を交わした。

それから道円が暴動を起こしたり、火を放った疑いなどを薊が聞くと、それに関しては和平は、領内各地で起こったことまでは知らないと答えた。

「して、和平さん、道円はいずこへ逃げたと思いますか」

薊に言われると、和平は息を呑むようにして、

「皆さんで、旦那様、いえ、藩の方々の仇《かたき》を討って下さるんですか」

薊が深い目でうなずき、
「そのつもりで江戸から来たのですよ。牧口殿から頂いた一両は生きております」
和平が膝を乗り出し、
「つい最近、その四人を見かけたという奴がおります。一緒に来て下せえ」

六

翌日の昼近くには、薊たち一行は山陽道を東へ下り、兵庫宿《ひょうごじゅく》近くの街道にいた。播磨からの十里を夜通し歩きづめに来たので、さすがに疲労を覚えていた。

忍びは夜に活動し、昼は休むという原則があるから、街道脇の朽《く》ちたお堂で思い思いに休むことにした。

色四郎たち三人はすぐに目を閉じたが、しかし薊は眠れなかった。

街道を吹き渡る風は炎熱を払って心地よく、山雀《やまがら》の鳴き声も気にならなかったが、道円という男への怒りが薊を覚醒させているのだ。

昨日、和平が四人を連れて行った先は男高山《おたかやま》の麓《ふもと》にある大久保《おおくぼ》という宿場だった。そこで和平の女房の弟が馬丁《ばてい》を生業《なりわい》としており、その義弟が道円を見たというのである。

義弟は和平から上房藩の悲劇を常々聞かされており、日頃から深く同情もしていて、道円の人相風体も頭に刻み込んでいた。

それが桜の散る頃に、道円を大久保宿から淀宿まで運んだというのである。供揃えも和平から聞いた通り、若侍、下男、下女の三人で、彼らは徒歩だったが、道円らしき男だけが馬に乗って行った。

義弟は緊張のし通しでいたが、彼らの会話にずっと耳を欹《そばだ》てていた。

道円たちは、恐らくそのまま京の都へ出て東海道を下るものと思っていたが、さにあらず、どうやら中仙道《なかせんどう》へ道を取るらしいことがわかった。そこからどこへ行くのか、江戸へ行くような話は出なかったから、中仙道のどこかの宿駅が目当てのようなのだ。しかしその宿駅の名は不明だが、彼らがまた何やら企《たくら》んでいるような様子が、含みのある言葉の端々から窺えた。

そこまでが和平の義弟の見知ったことで、道円らしき男は約定《やくじよう》通り淀宿で下馬すると、義弟に法外な駄賃をくれ、三人の供と去って行ったというのだ。

それだけ聞けば十分だった。

薊は和平に礼を言って別れ、色四郎たちと播磨を後にしたのである。

色四郎たちがゴソゴソと起きてきて、薊の周りに集まりだした。

お堂の外からは、街道を行く旅人の賑わいが聞こえている。

「薊様、お休みにならなかったのですか」

色四郎の問いかけに、薊はふっと溜息をつき、

「道円のことばかり考えておりました」

色四郎が萩丸たちと無言で見交わし合う。

「道円たち一行が忍びであることがわかった上は、彼奴らにはかならずや雇い主がいるはずです」

薊の言葉に、萩丸が目に緊張を浮かべて、

「ではその雇い主《しゅこう》が、外様潰しをやらせていると？」

色四郎が首肯して、

「そうに違いあるまい。われら忍びが勝手にそんなことをしても一文《もん》にもならんのだからな。ましてや農民を煽動したり、城下に火を放ったり、そこまではやらんよ。仮に忍びくずれの悪党ならば、押込みや物取りで十分な金品は得られるのだ。だからわたしはそこにはっきりと雇い主の意図を感ずるな。そうでございましょう、薊様」

色四郎に言われると、薊は確《しか》とうなずき、引き締まった表情になって、

「色四郎」

「はっ」

「この一年以内に、改易の憂き目に遭わされた外様家を菊丸と共に探しだすのです。その改易に至る経緯を調べれば、そこに道円が関与しているか否かはすぐにわかるはずです。彼奴がいかに名を変え、姿を変えようとも、悪事は千里を走るのですから」

「わかりました。よいな、菊丸」

「はい」

「して、薊様の方はどうなされますか」

次いで色四郎が尋ねた。

「わたくしは萩丸と二人で、中仙道の宿場を一つずつしらみ潰しにして参ります。道円の影を見逃すつもりはありません」

薊がそういう進路を打ち出すと、色四郎はその采配ぶりにふうっと溜息をつき、感慨深げな表情になって、

「薊様、亡きお父上もそのようにしてご浪士方を采配なされたのでございましょう

な。何やら彷彿《ほうふつ》とさせられまするぞ」

薊は色四郎の言葉に戸惑ったのか、

「そ、そうでしょうか……」

やや顔を赤らめるようにして言った。

萩丸と菊丸もそのことを否定せず、やわらかな笑みで薊を見ている。

薊はこの時、おのれの胸のなかに父大石内蔵助が棲《す》んでいることを、はっきりと自覚した。

七

それから薊と萩丸は京の都から中仙道へと踏み出したが、色四郎と菊丸は二人と別れ、引き返す形をとって上方《かみがた》から中国筋へ向かった。

薊の指図通り、道円が美作国以外の近隣諸国で謀略の爪痕《つめあと》を残していないかと、それを調べるためである。

その際、ふた手に分かれるために荷を二分して、担ぎ棒のついた挟《はさ》み箱《ばこ》を萩丸と菊丸がそれぞれ担いだ。なかには旅道具に紛れさせ、様々な忍器が隠されている。

忍器《にんき》とは忍びが戦闘に使う武器のことで、忍び刀、手裏剣《しゅりけん》、万力鎖《まんりきぐさり》、猫手《ねこて》、握り鉄砲（短銃）、折り畳みの手槍《てやり》、手《て》っ甲鉤《こうかぎ》などの殺傷力の高いものが多く、さらに変装用の衣類、化粧類、薬種なども入っている。

命を的に敵と渡り合い、そして千変万化をするためには、これだけの諸道具を必要とするのである。

家康《いえやす》が幕府を開闢《かいびやく》してから百年余が経ち、将軍も五代綱吉《つなよし》となった元禄の今、徳川《とくがわ》の礎《いしずえ》は磐石《ばんじやく》かと世に言われている。確かに江戸初期の二代秀忠《ひでただ》や三代家光《いえみつ》の頃には、全国に豊臣《とよとみ》の残党がまだ大勢燻《くすぶ》っていて、あちこちに不穏な気配があった。その頃は徳川打倒の企《くわだ》ても実際にあったし、叛乱《はんらん》や謀叛《むほん》の兆《きざ》しは十指に余るほどである。しかしそれらのほとんどは公儀の手によって壊滅されていた。守る公儀の側も必死なのである。それはあくまで表には出ない暗闘なので、闇から闇に葬られてはいる。だがそういう今にも事を起こしそうな危険な大名を、公儀が間者《かんじゃ》を放って見張り、討伐するのは当然のことだとしても、上房藩のようになんの罪もない外様大名が何ゆえ改易されねばならぬのか。

薊の側としては、そこに公儀の策謀めいたものを感ずるのである。

この太平の世に、あってはならぬことだった。

膳所《ぜぜ》藩六万石、堅田《かただ》藩一万石、三上《みかみ》藩一万石と、さして中仙道を外れることなく、それらの領内に異変はないかと目を配りながら、薊と萩丸は通過した。

いずれも譜代大名であるから、道円の魔の手が伸びているとは初めから思っていなかった。さらに琵琶《びわ》湖《こ》を左手に見て、三十万石の譜代彦根《ひこね》藩も何事もなく、安泰のようであった。

やがて近江国《おうみのくに》(滋賀県)から、美濃国《みののくに》(岐阜県)へと入った。

ここはまた外様、譜代入り混ざり、中小藩がひしめいているが、やはり変事はないようで、のどかである。

畑の広場では、無邪気に蝶《ちょう》や蜻蛉《かげろう》を追い廻す童《わらべ》の姿があり、そのそばで百姓の大人たちが和気《わき》藹々《あいあい》と餅搗《もちつ》きをしている。

娘二人の尋常な旅姿であるから、どこへ行っても格別不審がられることはなかったが、土地の老人たちが老婆心で、夜道は歩くな、山賊や胡麻《ごま》の蠅《はえ》には気をつけろと、注意をうながしてくれた。しかしそれは彼女たちにしてみれば片腹痛い思いで、逆にその賊たちにくノ一に出会わぬようになされませと言いたかった。

やがて関ケ原《せきがはら》を過ぎ、垂井《たるい》という宿場に辿《たど》り着いたところで、異変に遭遇した。

そこは京の都から二十四里余（約九七キロ）の距離で、その先の中仙道と交わる美濃路を行くと、大垣《おおがき》へ出る分岐点になっている。

異変とは、古刹《こさつ》の縁側に白木の柩《ひつぎ》が五つ並べられ、和尚《おしょう》や村の衆がとむらいの支度をしていたのだ。

なぜ一度に五人もの遺体がと、薊と萩丸が不審に思ってわけを聞こうと寄って行くと、和尚らに一斉に睨《にら》まれた。そこにはよそ者に対する拒否反応と、彼らが兇事に当惑している様子が窺えた。それでやむなく何も聞かずにその場を去り、近くの農家で古刹の遺体のことを尋ねた。

老農夫は詳しいことは何も知らないがと前置きして、二日前の昼にこの先の青野《あおの》村《むら》で斬り合いがあったらしく、旅のご浪人方がうち負かされたのだと明かした。素性のわからぬ遺骸であるが、それで古刹がとむらいを出してやることになったようだ。

「捨ておけませんね、薊様」

「この目で骸《むくろ》を調べたいと思います」

それだけの会話があって、薊と萩丸は姿を消した。

そうして日が落ち、うす靄《もや》のような暮気が辺りの田畑を包む頃、薊と萩丸が再び古刹に現れた。その時には二人とも黒の忍び装束《しょうぞく》に変化していた。

本堂に煌々《こうこう》と火が灯り、読経《どきょう》が聞こえている。

二人が縁へはね上がり、破れ障子の隙間から覗くと、五つの柩が並べられ、和尚が読経して村人らがその後ろに畏まっていた。

そこで読経が済むのを待つことにし、二人は暫し闇に身を沈ませた。

やがて木魚《もくぎょ》が鳴らされ、陰々滅々《いんいんめつめつ》とした声の読経が終わりとなり、和尚と村人らが本堂から出て来て、ぞろぞろと庫裡《くり》の方へ去って行った。これからとむらい酒を飲むようだ。

薊と萩丸が姿を現し、するりと本堂へ入った。燭台《しょくだい》が一つだけ灯され、五つの柩を照らしている。

二人は一つの柩に寄り、まずはそれに向かって合掌《がっしょう》した。そして萩丸がふところから棒手裏剣を抜き出し、釘を打たれた柩の蓋にその先を差し入れ、ぎいっとこじ開けた。

蓋が開くと、まだ若い侍の顔がそこにあった。

農夫は浪人と言っていたが、月代《さかやき》は三分《ぶ》ほど伸びたばかりで、さほど浪々暮らしが長いとも思えなかった。黒羽織に袴をつけたその身装は、どこかの藩士のようにも見えた。袈裟《けさ》斬りにされて衣服が裂け、さらに横胴を払われている。斬ったのは尋常ならざる手並の者と思われた。

さらに萩丸が次々に柩をこじ開け、薊と共に遺骸を見ていった。いずれも見事な斬り口で斬殺され、無惨な形相で死んでいる。

「何か身許《みもと》のわかるようなものはありませんか」

薊に言われ、萩丸がそれぞれの骸の袂《たもと》やふところをごそごそとまさぐった。

「薊様、こんなものが」

萩丸が一人の骸のふところから、小さく折り畳んだ分厚い布を取り出し、それを薊の前に広げてみせた。

それは具足武者《ぐそくむしや》が戦場で背に差し、闘いに臨む旗指物《はたさしもの》というもので、派手な髑髏《どくろ》の絵柄と共に主家の家紋が染め抜かれてあった。

旗指物とは戦場においておのれの存在を敵味方に誇示し、卑怯なふるまいをせず、武勲《ぶくん》を印象づけるための道具なのである。それは戦のなくなった今となっては形骸化したものには違いないが、武士なら誰しもが代々受け継いで持っており、この死者の場合、その旗指物は守護神のようなつもりがあったのかも知れない。縦六尺九寸（約二〇九センチ）、横三尺六寸（約一〇九センチ）の練絹《ねりぎぬ》のそれは、だが所々血に染まっていた。主家の家紋は「丸に桔梗《ききょう》」である。

「薊様、この家紋を調べねばなりませんね」

薊が無言でうなずいた。

血筆帳といい、この血ぬられた旗指物といい、薊はそこに死者たちの尽きせぬ怨念の叫びを聞いたような気がした。


垂井宿に大垣藩の出張《でばり》役所があり、薊と萩丸はその足でそこへ忍び込むことにした。

草深い田舎《いなか》の役所ゆえ、警護は手薄で、宿直《とのい》の侍の何人かは太平楽に眠りこけていた。

土間には年貢米の米俵や、藩の専売品らしき銅や生糸の菰包《こもづつ》みが山積みされてあった。

二人は廊下を音もなく突っ走り、幾つかの無人の小部屋を覗き、書庫部屋を見つけて侵入した。手燭《てしょく》の灯を照らし、書棚に並んだ書物を片っ端から見て行く。

やがて目当ての書物が見つかり、薊がそれを手にして開いた。

「ありましたよ」

薊の言葉に、萩丸が書物を覗き込む。

その書物は武鑑《ぶかん》で、武家ならかならず所蔵してあり、それには諸大名の氏名、系譜、居城地、官位、石高、江戸と京の藩邸、家紋、正室や家来の名や数など、ありとあらゆる情報が事細かに記されてあるものだ。常に変動があるから、それは毎年改訂されることになっていた。

いかに忍びの者でも、こんな分厚い書物を旅先に携行して行くわけにはゆかないから、必要が生ずればこのようにして武家に忍び込み、

(ちょっと拝借)

するである。

やがて「丸に桔梗」の家紋の主が知れた。

それはここより遥か遠くの因幡国羽衣藩七万石、外様の荒尾家のものであった。

若侍たちはそこの藩士たちと思われる。

「闘った相手は何者なのでしょう」

「………」

薊が萩丸へ無言でうなずいた。それが知りたいところだった。

敵に一歩、ジリッと近づいた気がした。

翌日になって、薊と萩丸は青野村へ行き、惨劇の現場を探した。

松並木の横手に青野ヶ原というのがあり、蛙と戯《たわむ》れていた童に聞くと、そこで斬り合いがあったことを教えてくれた。

青野ヶ原はその昔の熊坂長範《くまさかちようはん》の物見の松として知られ、今は茫漠《ぼうばく》と夏草が生い茂っている。

童と話しているとその父親らしき農夫が鍬《くわ》を担いで寄って来たので、薊と萩丸は二日前の斬り合いのことを尋ねた。

農夫は薊たちのことを格別怪しむふうもなく、遠くから見ていた斬り合いの様子を正直に語った。

「ご浪人の五人が向こうから血相《けつそう》変えて走って来て、おらのすぐ横で刀を抜いた時はびっくりして、腰を抜かしただよ。原っぱにゃやはり旅の四人の人影があって、浪人たちはその人たちに斬りかかって行ったんだ」

「どんな四人でしたか」

農夫に薊が問うた。

「怖ろしくて近づけなかったから、顔はよく見えなかったな。一文字笠《いちもんじがさ》を被った躰の大きい人がいて、この人が連れの連中を指図していた。三人は若えさむれえと下男と下女で、こいつらが寄ってたかって五人をあっという間に斬っちまっただよ」

「どこへ行きましたか、四人は」

これは萩丸だ。

「さあ、どこへ行ったかなあ」

農夫が首をかしげると、それまで黙って聞いていた童があっちだと一方を指し、

「東だ。二日も前だから、もう追っつかねえぞ」

と言った。

それで農夫と童に別れを告げ、薊と萩丸は街道へ戻った。

「薊様、遂にぶち当たりましたね。道円たちに間違いございますまい」

緊張の面持ちで言う萩丸に、薊も身の引き締まる思いで、

「因州の羽衣藩というのも、恐らく道円に滅ぼされたのですね。五人の侍は道円を仇《わけ》とつけ狙っていて襲撃し、あえなくも返り討ちにされたのです」

「先を急ぎましょう。四人は忍びですから、今頃はすでに美濃を抜けて、信州《しんしゅう》（長野県）に入ったのやも知れません」

薊が無言でうなずき、歩を速めた。

八

信州の馬籠峠《まごめとうげ》に差しかかったところで、不意に日が翳《かげ》って空が暗くなり、強い雨が降ってきた。変わり易い、いかにもの山の天気である。

薊と萩丸は困って、雨を避《さ》けながら大木伝いに走り、壊れかけた祠《ほこら》を見つけてそのなかへ逃げ込んだ。横殴りの雨は、それでも容赦《ようしゃ》なく戸の隙間から二人に吹きつける。

萩丸は頼りない戸を懸命に押さえながら、

「木曽《きそ》のお山を通るのは初めてなのです。ここは難所つづきなのですね、薊様」

「そうなのですよ。その難所を承知で、飛州《ひしゅう》から濃州《のうしゅう》、それから信州へ、あるいはそのまた逆へと、人足たちは牛や馬に荷を運ばせての艱難辛苦《かんなんしんく》の道中なのです。人も牛馬もジッとそれに耐えて、黙々と山道を登り降りする姿をわたしは幼い頃に見ています。その時、もの言わぬ彼らを見ていて、なぜか泪が出たのを憶《おぼ》えています」

「泪を？……ああ、わかります、感じやすい子だったのですね、薊様は」

「はい、まあ」

二人が意味もなくクスッと笑い合う。

「幼い頃といいますと、どなたと？」

「それは……」

薊が言い澱《よど》んだ。

「小林房の和尚様ですか」

「違います」

薊がスッと萩丸を見て、

「その頃の村長の梵天《ぼんてん》様ですよ」

萩丸があっとなって口を噤《つぐ》んだ。

かつて夕影村の長《おさ》であり、薊や萩丸たちに忍びの技を伝授したその男は、赤穂浪士の騒動に絡んで欲のために透波を裏切り、揚句《あげく》の果てはその雇い主に毒殺されたのである。

それ以来、薊たちの間で梵天の名は暗黙のうちに禁句《きんく》となっていた。

「あっ、よかった」

雨がやんで日が差してきたので、萩丸が明るい声を出した。

「狐の嫁入りでしたね」

薊も梵天のことを払拭《ふっしょく》し、萩丸と共に祠の外へ出た。さらに険しい山道を下って行く。

そこいらは東木曾路といわれ、あくまで山深く、田畑は稀《まれ》で、村里は少なかった。山中に点在する家々は茅葺《かやぶき》ではなく、すべて板葺《いたぶき》である。屋根には風を防ぐために圧石《おもし》が置かれ、冬は雪深く、寒気が厳しいので土壁はなく、板壁で、信州はどこまで行っても寒村つづきなのである。

青葉の繁った祇園桜《ぎおんざくら》の木が、風にそよと揺れている。

薊はたっぷりと大きなその桜木を見て、盛時を偲び、さぞや艶麗な桜花を咲かせたのであろうと思いを馳《は》せた。

馬籠宿をめざしてさらに山道を下って行くと、何かを察知した二人が同時にヒタッと歩を止めた。無言で視線を交わす。近くから娘の呻《うめ》くような声がしたのだ。

薊と萩丸は丈の高い雑草を掻《か》き分け、油断なく声のした方へ向かった。

草むらに村娘が、血に染まって倒れ伏していた。山菜採りをしていたらしく、投げ出された竹籠《たけかご》から茸《きのこ》類などが散乱している。

「どうしました」

薊が駆け寄って抱き起こすと、村娘は肩先を刃物で斬られていた。

軽傷と見込み、萩丸が手早く手拭いで血止めをしてやる。

「お嬢さんを、助けて」

「何があったのです」

娘の声が聞きとり難いので、薊が顔を寄せて聞く。

「さ、山賊に襲われて」

「そいつらがお嬢さんを連れて行ったのですね」

娘がうなずく。

「どこへ行きましたか、そいつらは」

あっちだと、娘は一方を指し、

「村役人様を、早く村役人様を」

「山賊は何人ですか」

「四人、男が三人、女が……」

四人の男女と聞いて、薊と萩丸が鋭く見交わし合った。

娘の介抱を萩丸に託し、薊は菅笠を放って仕込み杖だけを手に、すばやく消え去った。

九

白い胸の谷間に蜘蛛《くも》を垂らすと、名主の娘は「嫌っ」と小さく叫び、豊満な肉体を悩ましく悶《もだ》えさせた。しかし手足を縛られているからどうにもならない。娘は上半身を裸にされ、弄《もてあそ》ばれているのだ。

そのあられもない姿を、三人の男と一人の女が嗜虐的《しぎゃくてき》な目で眺めている。

そこは山中にある今は廃屋となった腰掛け茶屋の一室で、四人は山菜採りの娘二人を襲い、村娘の方に斬りつけて怪我をさせて放置し、名主の娘だけをかっさらってきたのである。

四人の平均年齢は二十の前半と若く、その正体は近在を荒し廻っている百姓上がりの無宿者たちだ。全員がボロボロの木綿の着物を着て、帯の代りに荒縄で腰を縛っている。そして男たちは長脇差《ながどす》を携《たずさ》え、女は草刈り鎌を手にしている。名主の娘をかっさらった狙いは、身代金をぶん取ることにほかならない。

「あんた、いつまでもこんなことしてないでさ、早いとこ親元に掛け合って銭をぶん取っちまおうよ。それであたしに晴れ着を買ってくれるって言ったじゃないか」

日に焼けて真っ黒な顔に目だけを光らせた女が言い、男二人は女の怒気を含んだ声に圧倒されて同調するが、一番躰の大きな悪相が首をふって、

「ガタガタ騒ぐんじゃねえ、脅し文《ぶみ》は日が暮れてからだ。それまでたっぷり時はあらあ。おれぁこの娘っ子を腰が抜けるまで可愛がってやりてえのさ」

おめえらもどうだつき合えと言われると、男二人は今度は悪相に迎合して曖昧《あいまい》な笑みでうなずいた。

「あ、あんたって人は」

女が睨みつけても、悪相はびくともせず、

「おれがどうしたって？　いつものことじゃねえか。文句があるのかよ」

「も、文句なんか……」

女が口を尖《とが》らせてうつむく。

どうやら躰の大きい悪相が首謀者らしく、男二人は意思の弱い半端者《はんぱもの》のようだ。

女は悪相とねんごろだから、彼が名主の娘にちょっかいをだすことが我慢ならないらしい。

「さあ、来やがれ」

悪相が嫌がる娘の髷《まげ》をひっつかみ、強引に隣室へ引きずって行った。それでピシャッと唐紙が閉め切られると、命乞いするような娘の哀訴の声が切れぎれに聞こえてきた。

男二人はにやついて聞き耳を立てるが、女は落ち着きを失い、徳利の酒をがぶ飲みし始めた。

するとややあって、悪相が「ぐわあっ」と凄《すさ》まじい絶叫を上げた。とても房事のその声とは思えない。

三人がギョッとなって見交わし合った。

「ちょっと、あんた、どうしたのさ。何かあったのかい」

女が唐紙越しに問いかけると、今度はどたんばたんと暴れる音がし、それと同時に娘の悲鳴が上がった。

三人がパッと唐紙を開けると、そこに両足の腱《けん》を刃物で斬られた悪相が、血まみれで七転八倒していた。半裸にされた娘は部屋の隅で、縮こまって怯《おび》えている。

何が起こったのかわからぬまま、しかし異常なものを感じ、男二人は長脇差を抜き、女は草刈り鎌を握りしめた。

すると三人の背後に、忽然《こつぜん》と蓟の黒い影が立った。隣室にいたものが、風のように移動して来たのだ。

三人が気配に気づいた時には、蓟の仕込みが電撃の如くに鞘走《さやばし》り、彼らの足の腱をつむじ風のように斬って行った。

痛みに転げ廻り、立つことも歩くこともできず、三人が叫んで悶絶《もんぜつ》する。

忍びというものは人体の弱点をよく学んでおり、この四人は一生まともには歩けない躰にされたのだ。

一味をそうしておくと、蓟は落ち着いた仕草で娘のそばへ行き、手を差し伸べて、

「とんだ災難でしたね。さあ、参りましょう。あなたの連れの人も大事ありませんよ」

娘はすぐに言葉が出ず、それでも手早く身繕《みづくろ》いをして、蓟に問いかける目をした。

それには何も答えず、蓟は娘の手を引いて戸口へ向かった。

四人は只の無宿者で、道円たちとはまったくの無関係だったが、事のなりゆきから、蓟は時にこういう街道の掃除をすることもあるのである。

十

それから三日が経ち、薊と萩丸は信州福島宿《ふくしまじゆく》の旅籠《はたご》に泊まっていた。

ここまでが京から六十六里三十二丁（約二六三キロ）、江戸へは六十八里二十七丁（約二七〇キロ）で、福島宿は京、江戸の等分の地ということで名高い。

ふだん忍びは旅籠などには泊まらぬものだが、福島宿は色四郎たちとの待ち合わせの宿場と定めてあった。それでそこの旅籠に泊まっているという目印に、二階の軒下に目立たぬような赤い細紐《ほそひも》を吊るしてある。

果たしてその日の日暮れに、宿場に到着した色四郎と菊丸は、目敏《めざと》くそれを見つけて旅籠へ向かった。

その時、旅籠に入りかけた色四郎がどこからか突き刺すような視線を感じ、菊丸に合図を送った。

菊丸がそれと察しをつけ、色四郎と共にさり気なく背後に目を走らせる。

ひっきりなしに往来する旅人や、賑やかな何人かの旅籠の客引き女、通り過ぎて行く荷駄など、ごく当たり前の光景がそこにあり、彼らを見ているような不審な人物はどこにもいない。しかし彼らは間違いなく誰かに見られていたのである。それを確信しながらも、宿の者が迎えに来たので、二人はやむなく旅籠へ入った。

するとそれまで向こうの旅籠で客引きをしていた女が、旅人らへの作り笑いをスッと消して、前垂《まえだ》れと襷《たすき》を取り外して足早に身をひるがえした。

その女はまだ若く、目は糸のように細く、鼻は造作が悪く、どこから見ても不細工なのだが、男に妙な気を起こさせる不思議な色気があった。客引きは偽装だったらしく、その正体はわからない。


旅籠の二階の一室では、薊、色四郎、萩丸、菊丸が車座になっていた。

薊と萩丸は、まずは色四郎の報告から聞いている。

「薊様、道円らしき男の足跡を、遂に因州《いんしゅう》で見つけましたぞ。奴は蛭間伊右衛門と名乗りまして、儒者というふれこみで、一年近く彼《か》の地に留《とど》まって藩政改革を任されていたのです」

「もしやそれは、羽衣藩七万石のことではありませぬか」

あくまで冷静な薊の声だ。

色四郎が唖然《あぜん》となり、菊丸と見交わして、

「その通りでございます。どこからそれを仕入れましたか」

「浪々の身となった五人の羽衣藩士が、垂井宿で道円らを襲い、返り討ちにされるという事件があったのです」

菊丸が色を変えて、

「では彼奴らは、この街道筋のどこかにいるのですね」

薊が確信の目をうなずかせ、

「それで、羽衣藩はどのようにして潰されたのですか」

色四郎が怒ったような表情になり、

「道円は藩政改革を行ううち、しだいに家中の方々と対立するようになり、事態を悪化させてゆきました。道円を難詰《なんきつ》した勘定方の侍三人が不審な死を遂げたり、ほかにも不可解な出来事がつづき、とどのつまり、道円は藩主荒尾丹後守光仲様を狂乱させたのです。そうして藩主は正室と侍女二人を斬り殺すに及び、それがお上の耳に届いて藩は廃絶となったわけなのです」

あまりの話の内容に、座が暫し重い沈黙に包まれた。

やがて萩丸が口を切って、

「蛭間と道円は同一人物と思われますが、そ奴はどのようにして藩に食い込んだのでしょうか」

それには菊丸が答え、

「それが面妖《めんよう》なのですよ」

詳しいことの話せる侍たちはすでに散りぢりになっていて、確かなことは聞けなかったのですがと菊丸は断っておき、

「どうやら道円は、お公家筋からの引き合わせで藩政をみるようになったようなのです」

「公家筋ですか……」

蓟が気障《きざわ》りな目になり、

「何か裏がありそうですね。お公家衆が絡んでいるとなると、面倒な気もしますが」

「蓟様、朝廷お抱えの忍びと申さば、村雲流《むらくもりゅう》でございまするな」

色四郎の言葉に、蓟がうなずく。

村雲流は天皇の忍びとして異色の存在であり、またを三刀流《さんとうりゅう》、小笠原流《おがさわらりゅう》とも呼ばれ、丹波村雲流を元祖として生まれ、さらにこれに甲賀流《こうがりゅう》の一部が合体したものと伝えられている。

「色四郎様、羽衣藩のほかには」

萩丸の問いに、色四郎がさらに苦々しい顔になり、

「伊勢国《いせのくに》（三重県）の田上《たがみ》藩五万四千石の外様家が、二年前にやはり取り潰しの憂き目に遭っているのだ」

「そこにも、やはり道円の影が」

薊が息を詰めるようにして問うた。

「影どころか、この時の道円は通り魔でございますよ。たった一人のお世継ぎを、道円は城内の井戸に叩き込んだのですから。血も泪もないとは、まさに奴のことなのです」

薊と萩丸が悲鳴に近い声を漏らした。

「お世継ぎが戯れていて勝手に井戸に落ちたと、表向きはそういう事故ということになっておりますが、諸々《もろもろ》の不審から、わたくしは道円の仕業と確信しております。それでお世継ぎを失ったまま、田上藩としてはなす術もなく、その一年後に改易となったのです」

薊が一点を凝視して、つぶやくように、

「因州羽衣藩、作州上房藩、勢州《せいしゅう》田上藩……いったいどれほどの外様を潰せば

「……」

萩丸が切羽詰《せっぱつ》まった声で、

「薊様、さらに道円の魔の手は、この中仙道のいずこかの藩に及ぼうとしています」

「ええ、わかっています。道円の外様潰しを阻止せねば、また多くの人が泣くことに。もはや一刻の猶予《ゆうよ》もなりませぬ。明日からそれぞれ単身で探索に出ましょう」

それで密議は終わったかにみえたが、色四郎と菊丸が見交わし合い、最前の旅籠へ入る際の何者かの存在の話をした。

「敵の姿は見ていないのですね」

薊の問いに、色四郎は無念の形相で、

「男か女かもわからんのです」

「でもかならずや忍びだと、わたしは思っております」

菊丸が告げた。

薊はもう何も言わず、緊張を浮かべてあらぬ方へ視線をさまよわせている。

十一

偽の客引きの女は蠟女《ろうめ》という名で、村雲流の下忍であった。

二刻（四時間）ほど前には福島宿にいたはずが、今は宿場を二つ越して鳥居峠《とりいとうげ》の九十九折《つづらおり》を俊足で駆け下りている。

日はとっぷりと暮れ、青白い満月の輝きが道先を明るく照らしていた。

峠の麓まで来て、奈良井宿《ならいじゆく》の灯が眼下に眩《まばゆ》く見えてくると、そこで蠟女の足が止まった。

造り酒屋の蔵の前にしゃがみ込んだ男が、ひっそりと徳利の酒を舐《な》めていたのだ。

男は百姓の身装で、長身で細面《ほそおもて》だが、頰は若者らしくぷっくら脹《ふく》らみ、女かと見紛《みまが》うような華奢《きやしや》なその姿は、まさに紅顔の美少年なのである。男の名は雛蔵《ひなぞう》といい、蠟女とおなじ村雲流の下忍なのだ。

蔵は出《だ》し梁造《ばりづく》りに竪繁格子《たてしげこうし》がはめられ、木曾谷ならではの蔀戸《しとみど》が見える。

夜になれば杜氏《とじ》たちは帰って無人となるから、雛蔵は忍び込んで酒を盗みだしてきたのだ。

「あんた」

蠟女が偏平な顔を笑わせて呼びかけた。

すると雛蔵は蠟女をチラッと見ただけで、あとはうつむいて無言で酒を飲んでいる。

蠟女が雛蔵の隣りにくっつくようにして座り、その手から徳利を取って酒に口をつけた。

「どうであった、近在の様子は。不穏な輩《やから》はうろついていなかったか」

雛蔵が問うと、蠟女は表情を硬くして、

「嫌な予感がしたよ」

「どうした」

「福島宿に忍びがいたんだ」

雛蔵の目が微かに光った。

「どこの奴らだ」

「そんなことわかるものか。女が三人、男が一人だった。油断も隙もない連中だったよ」

「武田の透波かも知れんな」

「武田の？……噂には聞いてるけど、さぞ手強《てごわ》いんだろうね」

雛蔵は鼻で吹くようにして、

「どんな奴らであれ、一歩たりとも近づけるものか。わしらは道円様をお護《まも》りするのが役目だ」

「ねえ、雛蔵、奴らまさかあたしたちを追って来たんじゃないんだろうね」

「油断はできんな」

「うん」

「道円様はこたびの仕事で、ひとまず手を止めると申されておられる」

「まあ、そうかい」

「長かったな、この三年」

「それじゃ、ようやく都に帰れるんだね」

雛蔵がうなずき、

「元の禁裏《きんり》の警護役に戻るんだ」

「これでやっと積もり積もった旅の垢《あか》が落とせるよ。あたしゃやっぱり京の都が好きさ」

「したがこたびの仕事は難儀だぞ。家中の奴らはとてもひと筋縄ではゆきそうもない。外の者に対する警戒は今までのどの藩よりも強そうだ。道円様はわしらには詳しい話をしてくれないが、こいつは見物《みもの》だよ」

蠟女が黙り込み、ふっとやるせないような吐息をついた。

雛蔵はそれを訝《いぶか》って、蠟女を覗き込み、

「どうした、疲れたのか」

「また今度の仕事で大勢の浪人が出るよね。それだけじゃなくて、家族だって泣きを見るんだ。そのことを考えるとあたしゃとても嫌な気分になって、近頃は寝覚めが悪いのさ」

「蠟女、道円様の前でそんなことを言っちゃならないぞ」

「わかってるよ、幼馴染《おさななじ》みのあんただから言うんじゃないか。あんたが一緒じゃなかったら、こんな仕事に手は貸してなかったよ」

蠟女は下から掬《すく》い上げるようにして雛蔵を盗み見て、ひそかに切ないような溜息を漏らした。

青白い月光を浴びて、彫りの深い端正な雛蔵の顔は、たとえ醜女《しこめ》であっても、蠟女の女心を燃えさせるには十分なのである。

第二章　黒蜥蜴《くろとかげ》

一

信州下諏訪《しもすわ》宿という所は、中仙道と甲州街道《こうしゅうかいどう》が交錯し、和田峠《わだとうげ》、塩尻峠《しおじりとうげ》の峻《しゅん》嶺《れい》を前後に控え、小さな楕円形《だえんけい》の谷間に囲まれたような地形である。そこは森林豊かな斜面の麓《ふもと》にあり、数多くの村々や竹林が散在している。

そして洋々たる諏訪湖がその大部分を占めており、絶えることのない繁華の地なのだ。

諏訪湖は三里四方に亘り、鯉《こい》や鮒《ふな》が多く棲息し、大寒地ゆえに、十一月から凍り始めて人馬が足繁《あししげ》く湖上を往来するようになる。

そして何よりは、この地は温泉が活潑《かっぱつ》に涌《わ》き出ていることで、綿《にしき》の湯《ゆ》、小湯《こゆ》、旦過湯《たんがゆ》と名づけられた源泉三ヶ所がつとに名高く、それがあるからあちこちからの湯治客が引きも切らない。

その湯宿のなかでも「いの字屋」は一等宿で、建物は古式ゆかしく、酒も料理も一流だから裕福な客が多い。

三日前から、一番宿賃の高い二階の鶴《つる》の間に、素性のよく知れぬ若侍が逗留《とうりゆう》していた。

彼は虎之助《とらのすけ》とだけ名乗り、気さくな性分から宿の者たちにも親しまれるようになったのだが、さすがに三日目ともなると退屈してきたらしく、虎之助は日がな一日ごろごろとして無聊《ぶりよう》をかこつようになった。

どんなにうまくとも酒料理にはすぐに飽きて、入れ代り立ち代り呼び寄せた白首《しらくび》の女たちにもときめくことなく、さっぱり食指が動かないのである。

虎之助は育ちのよい顔立ちをしており、眉目《びもく》優《すぐ》れ、日々髪結《かみゆい》を宿に呼んで月代《さかやき》も髭《ひげ》もきれいに剃《そ》り上げ、衣服も上物の小袖を着ている。常にみだしなみがよいのである。彼の話し相手といえば供として連れて来た若党《わかとう》の新六《しんろく》だけなのだが、これは身分低く、教養も何もなく、虎之助を満足させる存在ではなかった。

虎之助は二十三で、新六は二十一なのである。

階段を慌ただしく上がって来る足音がし、その新六が部屋へ駆け込んで来た。

「若っ、目の正月が楽しめそうですぞ」

出目金《でめきん》のような目ん玉をとび出させ、新六がわくわくした顔で言う。

大名家でも旗本家でも、若党というのは中間《ちゅうげん》の少し上程度の小者《こもの》のことで、長脇差をひとふりだけ差すことを許され、姓を与えられて新六は東《あずま》というのだが、元々は百姓上がりだかられっきとした武家とは言い難い。

しかしこの男の軽さが虎之助には重宝で、どこへ行くにも気楽に連れ歩いているのだ。

「どんな目の正月だ」

ごろりと横になっていた虎之助が、半身を起こして言った。

新六は太鼓持《たいこも》ちのような滑稽《こっけい》な身ぶり手ぶりで、

「年の頃なら……そうでございますなあ、若よりも二つ三つ上かと」

「ほう、年上の女か。器量はどうだ」

「それはもう、小股の切れ上がったよい女っぷりでございまして。面立《おもだ》ちがまた絶品のすこぶるつきときておりますから、あたくし、ついついよだれが、あ、いえ、生唾《なまつば》を呑み込んでしまいました」

新六の言葉に、虎之助は身を乗り出して、

「いったいどこの女だ、それは。宿の女中ではないな。ほかの湯宿の客か」

「いいえ、われらとおなじこの宿に泊まっておるのですよ」

「だったら男の連れがいるのではないのか」

「さあ、あたくしが見かけた時は一人でございました。浴衣姿《ゆかたすがた》も悩ましく、手拭いを持ってゆるりと湯の方へ。昨日は見かけませんでしたから、今日になっていずこからかやって来たものと」

「いつのことだ」

「たった今です」

「ではそのおなごは今、湯浴《ゆあ》みをしているというのだな」

「左様《さよう》で」

「早くそれを言え。確かに目の正月が楽しめそうだ」

死ぬほどの退屈から救われそうなので、虎之助は新六をうながして急いで身支度を始めた。

武士のたしなみとして、女の裸を覗くなどとはとんでもない話なのだが、これも若さゆえの軽率さであり、本来の彼は文武共に優れた若者のはずであった。すべては退屈の虫のなせる業《わざ》なのだ。

板囲いのなかに女湯はあり、これは露天だから、一面は森や谷の眺めのよい景色が一望できるようになっている。

真っ昼間ゆえに他の湯浴み客はなく、新六の言葉通りに、すこぶるつきのその女はまさに嬋娟《せんけん》たる美女なのである。豊満な裸身を朦々《もうもう》たる湯煙に沈め、悠然と浸《つ》かっている。年齢が若いからその肌は弾力があり、透き通るように色白で、また島田《しまだ》に結った髷《まげ》のうなじが湯に濡れてなんとも艶《なまめ》かしく、板の節穴から覗く虎之助は思わず生唾を呑んだ。

（こんな別嬪《べっぴん》は見たことないぞ）

なのである。

新六はそのそばにしゃがみ込み、主《あるじ》の反応を眺めつつ、してやったりという顔になってほくそ笑んでいる。

そのうち女がこっちへ躰《からだ》の向きを変え、正面から裸身を見ることになった虎之助があっとなった。

女の左乳房の上に、小さな黒蜥蜴の刺青《ほりもの》があったのだ。

「い、いかん」

虎之助が小声でつぶやいた。

「どうなされました」

「いかん、いかん、触らぬ神に祟《たた》りなしだ」

そう言うと、虎之助は覗きを断念し、用心深くすんなりと身を引いた。彼の身分からして、刺青者などとつき合うのは御法度《ごはっと》なのである。

しかしそれからの虎之助は、

(寝ては夢、起きては現《うつつ》まぼろしの……)

になってしまった。

飯や酒さえも喉を通らなくなったから、恐らく恋煩《こいわずら》いかとも思われた。そんな心情を新六ごときに打ち明けるわけにはいかないので、ちと躰の具合が悪いゆえ、出立《しゅったつ》は少し先延ばしにするぞと言い、部屋から出ずに悶々《もんもん》としている。

その様子に驚いた新六が、お城に使いを出しましょうか、どなたかに来て貰《もら》いますかと言うと、虎之助は癇癪《かんしゃく》を起こして、余計な心配は無用だ、おまえは退《さが》っておれと言った。

それで新六は虎之助を一人にしてやらねばと、別に小部屋を借り、そっちへ移って行ったのである。

しかし夜になると虎之助は、どうしてもあの女に逢いたくなってきて、人目を忍んで宿のなかを徘徊《はいかい》してみた。だがどの部屋にいるのかわからず、まだ逗留しているることは新六に確かめさせておいたからよいものの、廊下をうろつきながら途方にくれた。

女の若い肌も魅力的だったが、あの左乳房の上の黒蜥蜴の刺青が鮮烈な印象として目に焼きつき、虎之助は蠱惑《こわく》の世界をさまよっているのである。

「ああっ……」

彼の口から出るのは、溜息ばかりなのだ。

するとそこへ新六が現れ、揉み手をしてすり寄ると、

「若の心中、お察し致します」

「な、なんのことだ」

「調べて参りました、あの女のこと」

虎之助は視線を泳がせ、無関心を装うようにしながら、

「あの女とは……ああ、あの覗き見をした女のことであるか。はてさて、どこの何

者なのかな」

「泊まっているのは階下の菊の間でございまして、連れはおりません。名は絹女《きぬめ》と申すのだそうです」

「きぬめ……」

なんとよい名ではないかと、虎之助は思った。

「それで、絹女は今は何をしている」

「たぶん酒を飲んでいるものと。女中たちの話では、毎晩一人でたしなんでいるようでございます。あんないい女がたった一人とは、勿体《もったい》ない話でございますよねえ」

けしかけるように新六が言うので、虎之助はムッとした顔で睨《にら》みつけた。

そうして新六を退らせると、虎之助は抜き足差し足で菊の間へ近づいて行った。

部屋には煌々《こうこう》と灯がつき、なかはひっそりとしているので、虎之助は障子に寄って耳を欹《そばだ》てた。

するとその背後の暗闇から、すうっと音もなく絹女が現れ、うす笑いを浮かべて、

「どうかなされましたか」

囁《ささや》くようなきれいな声で言った。

虚《きょ》を衝《つ》かれ、虎之助はびっくりして視線をさまよわせ、すぐには言葉が出てこない。女は部屋のなかにいるものとばかり思っていたので、混乱を来《きた》しているのだ。間近で見ると絹女の美貌は夜目にもくっきりと際立ち、虎之助は恥ずかしくて正視できなくなった。心の臓も烈《はげ》しく高鳴っている。

「よろしかったら、ご一緒にどうですか」

絹女に誘われると、虎之助はさらに狼狽《ろうばい》して、

「な、何を申すか。見も知らぬ相手をなぜ誘う。宿が広いので、おれはここで迷っていただけなのだ」

四の五の言う虎之助の言葉など聞く耳持たぬ風情で、絹女はひらりとその脇をすり抜けて部屋へ入った。その時、湯上がりのよい匂いと、仄《ほの》かな女の香がした。

虎之助が思わずくらっとなる。

部屋には焼き魚や山菜の酒肴《しゅこう》の膳が整えられ、さらにその隣室には艶かしく敷かれた夜具がチラッと見えた。

虎之助はそこから視線を逸《そ》らし、さすがにたじろいで、

「女人の部屋に入ってはよくないな、ここで失礼するぞ」

「わたくし、おまえ様を存じ上げておりますのよ」

「えっ……」

「遠くからお見かけして、なんと様子のよい御方《おかた》かと、惚れぼれしておりましたの」

絹女が徳利を差し向けるので、虎之助は迷いを断って部屋へ入り、オズオズとその前に座った。

「世辞がうまいな、おまえ」

「そう思われますか、真《まこと》の心を申しておりますのに」

「ちと尋ねるが、おまえは何者なのだ」

「遊んで暮らしておりますの」

絹女が平然と言ってのけた。

「遊んで？　ふうん、得体《えたい》が知れんのだな」

「わたくしの目から見ましたら、おまえ様こそ得体が知れませぬが」

「……」

「このような湯治場でのんびりなされておられるのですから、結構なお立場かとは思われます。どこかの御曹司《おんぞうし》なのですか、それとも部屋住みのご身分か……」

「知りたいか」

「はい」

「では明かそう」

虎之助が改めて座り直したので、絹女もそれにつられたように襟《えり》を正した。

「おれはこの地の藩主の弟なのだ」

「ご領主様の？」

「そうだ。鏡山《かがみやま》藩三万七千石、津山日向守正弼《つやまひゅうがのかみまさすけ》。それが藩主である兄の名で、おれは堅苦しいのが嫌いな性分ゆえ、通称は幼名の虎之助で通している」

「………」

あまりのことに絹女は絶句して、あとの言葉が出てこない様子だ。

二

いの字屋の裏庭には掘り井戸があり、新六はそこでいつも自分の下帯を洗うことにしている。

その日も朝からうんざりした思いで何枚ものそれを洗っていると、三人の侍がものものしい様子でやって来て、新六を取り囲むようにした。

新六が驚いて慌てふためく。

三人は御刀番《おかたなばん》十文字右京《じゅうもんじうきょう》、大納戸《おおなんど》門倉長三郎《かどくらちょうざぶろう》、小納戸《こなんど》岩城宇太夫《いわきうだゆう》で、いずれも鏡山藩の藩士であり、身分にさして隔たりのない若侍たちである。

十文字は青白く痩せた男で、門倉と岩城は武芸で鍛えた肉体にごつい面相をしている。

「おい、どうなっている。若は何をなされておられるのだ」

十文字に詰め寄られ、新六はしどろもどろになって、

「い、いえ、それがそのう……」

「新六、殿が帰参なされることが急遽《きゅうきょ》決まったのだ。若がご不在のままではまずいであろう」

「えっ、殿様がお帰りになられるのですか」

十文字の言葉に、新六が困惑の体《てい》になる。

鏡山藩藩主津山日向守正弼は幕府大番頭《おおばんがしら》を務めており、それがこの外様家を安堵《あんど》させていた。

門倉が十文字の後を継いで、

「骨休めに湯治をしたいから三日ほど姿を消すとわれらに言い残し、おまえだけ連れて若は行方をくらまされた。しかしそんなことはしょっちゅうであるし、若の行く先もとうにわかっていた。それでわれらも高を括《くく》っていたのだが、今日でひと廻り（七日間）も経つのだぞ。こたびのはちと長過ぎる。重職方もさすがに騒ぎだしている。若の身に何かあったのではあるまいな」

「とんでもございません、ちょっとでも何かありましたらわたくしが飛んで参りますよ。何もございません。若は至って元気にしておられます」

岩城が嚙みつくような口調で、

「そんなはずはあるまい。これまでも湯治に来たら三日がよいとこで、若はすぐに飽きられてお帰りになられた。変ではないか」

新六が三人をなだめるような仕草で、

「ま、まあ、確かに今まではそうでございましたが……」

その落ち着かぬ様子をジッと見ていた十文字が、ぐいっと新六の胸ぐらを取って、

「貴様、われらをあなどるでないぞ。有体《ありてい》に申せ」

「く、苦しゅうございます、十文字様……」

新六が辟易《へきえき》となって、

「それでは申し上げます。若は女ができたのでございますよ」

三人がギロリと見交わし合い、

「どんな女だ。ここいらの田舎臭《いなかくさ》い酌婦《しゃくふ》なんぞに心を移す若ではないはずだぞ」

十文字が言った。

「それが、小諸《こもろ》のご城下から参った遊山旅《ゆさんたび》の絹女と申す女でございまして、若はその者とねんごろになってしまわれたのです」

「女の身分は」

手厳しい門倉の声だ。

「いえ、そのう、身分ははっきりとは」

「氏素性《うじすじょう》のわからん女など、どうしておまえが近づけさせたのだ」

岩城が怒声に近い声で言うと、新六は米搗き飛蝗《こめつきばった》のようにひれ伏し、

「そう申されましても、遠くて近きは男女の仲なのですから。で、ですが昨日から絹女の父親が小諸から出て参りまして、なんとこれが若と意気投合《いきとうごう》なされたのです。もう今では肝胆相照《かんたんあいて》らす仲にまでなって、若はあの通り豪気なご気性でございますから、すっかり打ち解けて、わたくしなどそっちのけになってしまわれたのです」

「何をしている男なのだ、その父親とは」

十文字が追及する。

「儒者《じゅしゃ》だそうです。名は尼子道円先生と申しておられました」

三

儒者の尼子道円は四十を過ぎた異相の持ち主で、茶筅髷《ちゃせんまげ》に肉厚の顔は大きく、眼光は岩をも貫くほどに鋭く、高く折れ曲がった鉤鼻《かぎばな》はまるで異人のようである。

ところが道円はその威圧感のある風貌とは裏腹に、口を開けば穏やかでやさしげな口調になり、今日も鶴の間で虎之助を前にし、一席弁じていた。

「若、善政を布《し》くとはどういうことか、わかりますかな」

道円はすでに虎之助の身分を娘の絹女から聞いて知っていた。

「善政か……さても難題であるな。藩政は兄上がやっているので、わたしはそっちの方には目を向けんようにしているのだよ」

「では一朝事《いっちょうこと》あらばどうなされるご所存か」

「物騒なことを言わんでくれ、道円殿。兄上の身に何事かあるわけなどないではないか」

「しかして世の中は一寸先は闇なのですぞ」

「うむ……」

「若、民と申すものはすべからく愚かなものでしてな、その暗愚な民になり代り、為政《いせい》をなすのが若のような賢人《けんじん》なのです、不知不覚の大多数の愚民をよき方向に指導できる者こそが、天下を治められるのですぞ」

「それは昔からよく言われている専制必要論であろう」

「御意《ぎょい》。それがなされれば改革は成就《じょうじゅ》するのです」

「しかしわたしの立場で藩政の改革をするなど、あってはならぬことだ。兄上のお叱りを受けるのが関の山だぞ」

「惜しゅうございますな」

「どういうことだ」

「鏡山藩は三万七千石の小藩に見えますが、内実はそうではござるまい。美濃多治見《たじみ》、越中黒部《えっちゅうくろべ》、越後三条《えちごさんじょう》の近隣諸国に飛び地領を擁《よう》しておられる」

「よく知っているではないか」

虎之助が少し警戒の目になった。

「それら飛び地領からの上がりが馬鹿にならず、鏡山藩の内証《ないしょう》はかなり裕福なのではございませぬか」

「う、うむ、まあ……それはさておき、惜しいとはどういう意味だ」

「虎之助君が領地を治められれば、内証はもっと豊かになられます」

「その方法論があるのか」

「御意。それに則《のっと》って、若が善政を布くのでございますよ」

と答えつつも、道円は空《むな》しいような笑みになり、

「とは申せ、お兄上様がご健在であらせられる上は、これは絵空事に過ぎませぬな」

「それでよい、絵空事でよいのだよ。わたしは特段兄上の藩政に不満は持ってはおらんのだ」

そこへ絹女がやって来て、廊下から顔を覗かせて、

「虎之助様、お話はお済みでございますか」

「ああ、おまえと散策に出る約束をしたのであったな」

「はい」

許可を得るように、絹女が道円を見た。

道円がやさしげにうなずいて、

「行っておいで。若い二人の邪魔をするつもりはないよ」

それで虎之助と絹女は、手に手を取らんばかりにして出て行った。

後に残った道円は沈黙のまま渋茶を啜《すす》り、何やら満足げに頰笑《ほほえ》んだのである。

四

樵夫小屋《きこりごや》のなかは無人で、閉め切ったそこは若い二人の情熱でむせ返るようであった。

虎之助と絹女は共に烈しく唇を求め合い、切なげに抱擁《ほうよう》を繰り返し、木の腰掛から筵《むしろ》の敷かれた土間にずり落ちて身を重ね合い、そこで二人は大胆にも媾《まぐわ》い始めたのである。

小袖の前をはだけた絹女のしなやかな裸身は、めくるめくような美しさで、虎之助はわれを忘れて夢中になり、熱情に任せてここを先途《せんど》と女体を責めまくった。

それに応える絹女の歓喜の声は決して大きくはないが、虎之助の耳許《みみもと》で狂おしく叫ばれつづけた。それは切れぎれに絶え間なく、際限なく官能を喚起させるもので、さらなる快楽の淵《ふち》へと導くのである。

絹女の躰は底無し沼のようで、虎之助を病的に誘い込んでやまず、このままではどうにかなりそうだと思いつつも、彼はその魔性のような女体から離れられないおのれがわかっていた。

「どうしてこんなものを彫ったのだ」

嵐の去ったあと、虎之助はもの憂く絹女の肩を抱き寄せながら、その胸許に手を差し入れ、左乳房の上の刺青に触れながら聞いた。

するとと絹女は戸惑うような表情になり、

「どうしてと申されましても、これはわたくしの意思ではないのです」

「どういうことだ」

「その昔にある男に騙《だま》されましてね、眠り薬で眠らされているうちに彫られてしまったのですよ」

それはあまりに刺激の強い話だけに、虎之助は頭に血が昇って、

「どうしてそんなことになったのだ。儒者の娘ともあろう者が、なぜに悪い男などとつき合った」

「その人が悪い男だとは、わたくしはひと言も申しておりませんけど」

「そんなことをする奴が悪い男ではないというのか」

「ええ、いい人でした」

「こ、こ奴め、ぬかしたな」

虎之助が睨んでも、絹女は平然として、

「そんな昔のことより、この先のお話をしましょうよ、若様。わたくしはどうなるのですか。湯治を終えたらこのままお別れですか」

「いやいや、断じておまえを手放すつもりはない。ずっとおれのそばに置いておきたい。連れて帰る」

「では父はどうしますか。学者でございますから、娘を若の側女《そばめ》に差し出すというのも、少しばかり憚《はばか》られます」

「いいよ、道円殿にもしかるべき扶持《ふち》を与えておまえと一緒に雇ってやる。儒者を召し抱えてなんの不思議があろうか」

「では父子共々、お城で暮らせるのですね。お兄上様のお許しが得られるでしょうか」

「おれは兄に信頼されている。大丈夫だよ」

「嬉しい」

「しかしそれにつけても、おれはこの黒蜥蜴に何やら不吉な感がして仕方がないのだ。なんとかならんか」

「一度汚した肌はもう二度とは……お許し下さいまし、若。その代り誰にも見せませんから。二人だけの秘密にして下さいね」

そう言うと、絹女は虎之助の胸に顔を埋《う》めてさめざめと泣くのであった。

五

その頃、薊たち一行は下諏訪を通り越し、信州沓掛《くつかけ》宿にいた。

街道に四散して情報を収集するうち、ある不審な事実をつかんだのだ。それは色四郎が得たもので、山伏《やまぶし》が五人、虚無僧《こむそう》が十人、それぞれ隊列をなして東をめざしているというものである。

それらの十五人は探索の結果、望月《もちづき》宿、塩名田《しおなだ》宿で追いつくことができた。そこで色四郎は彼らの様子を目にするや、明らかに尋常な者たちではないことがわかり、すぐにピンときて、血相変えて薊たちを探し廻った。

山伏も虚無僧も、流派に関係なく忍びが変装する常套《じょうとう》手段なのである。

それを忍びの世界では七方出《しちほうで》（七変化）といっていて、猿楽師《さるがくし》、行商人、放下師《ほうかし》、出家者、虚無僧、山伏、そして常の形《なり》として浪人がある。

これらの稼業人に変装するためには厳しい訓練を受け、徹頭徹尾《てっとうてつび》その人間になりきらねばならず、とてもうわべだけでは済まないのである。だから漢籍《かんせき》、祝詞《のりと》、読経、手妻《てづま》、歌舞、音曲、尺八、方言と、何をするにも熟達せねば七方出はできないことになっている。

つまり東をめざしているその十五人は熟達の忍びということになり、これはうかうかできないし、まず何よりも彼らの狙いが知りたいところなのだ。

色四郎が街道を駆けめぐり、どうにかこうにか薊たちにつなぎを取り、それで集結したのが沓掛宿であった。

宿場には本陣、問屋場《といやば》があり、道幅の広い大通りには土地の者や旅人が大勢で群れ、荷駄もひっきりなしだ。家数は百五十軒余である。背後に聳《そび》える浅間山《あさまやま》は噴煙を吐き出し、なぜかその煙は立ち昇ったままで動かないように見えた。

どの家もこの辺り特有の、出桁造《だしげたづく》り二階切妻《きりづま》造りの、平入り柿葺《こけらぶき》である。

薊、色四郎、萩丸、菊丸は二十三夜塔《にじゅうさんやとう》の前で落ち合い、一軒の旅籠《はたご》に投宿した。

山伏と虚無僧たちはまだこの地に至らず、四人は先廻りして様子を探ることにしたのだ。

旅籠は間口四間（約七・三メートル）、奥行き七間半（約一三・六メートル）、土間につづく板の間から二階への黒光りした階段が見えている。その奥は幅三尺の通り庭で、左右二列に五部屋があり、初めの六帖は帳場で、二階へ吹き抜けとなった立派な旅籠だ。

四人は宿場の通りが一望できる二階の二間を借り受け、蓟、色四郎、萩丸は座敷に向き合った。菊丸は窓辺に陣取って往来する人の見張り役をしている。

「十五人が来たらどうなされますか、蓟様」

まずは色四郎が蓟に問うた。

「あくまで沈着に見守るのです。それだけの数がまとまって行動を起こす上は、とても只事《ただごと》とは思えません。誰かを襲うか、何かを奪うか、かならずや目当てがあるはずです」

「目当てがわかったら、なんとします」

萩丸の問いに、蓟は覚悟の目になり、

「それが理不尽《りふじん》なものであるなら、馬籠峠の四人組のように退治てやりましょう。一番よいのはそ奴らが道円と結びついていることですが、今はなんとも言えませんね」

見張り役の菊丸が往来から目を逸らし、こっちに顔を向けて、

「薊様、わたくし、胸騒ぎが致します。何かよくないことが起こるような気がしてなりません」

不安に身を揉む菊丸に、薊は苦笑で、

「落ち着くのですよ、菊丸。どんなことが起ころうが、おのれを見失ってはなりませぬ」

「は、はい」

色四郎がたしなめる目になって、

「菊丸、おまえはまだまだ修行が足りんぞ。ここが戦場であらばなんとする。もっと腹を太く持ちなさい」

菊丸がうなだれてコクッとうなずいた。

目を逸らしている菊丸の横顔を、人通りのなかから仰ぎ見ている女がいた。

それは百姓姿の蠟女で、菊丸を目にするやみるみる険悪な表情になり、すばやく歩き去った。

それから一刻半（三時間）ほどが経ち、沓掛宿に山伏五人、虚無僧十人が入って

来た。

山伏というものは、本来は山中深くに起臥《きが》して修行する宗教者のことで、その起源は古代にまで遡《さかのぼ》るのである。しかし徳川の世になると、山伏は巷《ちまた》の祈禱師《きとうし》として呪術宗教的な活動をするようになった。頭に斑蓋《はんがい》と兜巾《ときん》を頂き、鈴懸《すずかけ》を着て結《ゆい》袈裟《げさ》をかけ、腰に引敷《ひっしき》、貝緒《かいのお》、金剛杖《こんごうづえ》を持っている。そして足には脚絆《きゃはん》を巻き、手に最多角念珠《いらたかねんじゅ》を携え、笈《おい》と肩箱を背負う、という独自の身装だ。

一方の虚無僧は、普化禅宗《ふけぜんしゅう》の有髪《うはつ》の僧のことをいい、天蓋《てんがい》と称する深編笠《ふかあみがさ》を被《かぶ》り、尺八を法器とし、武士の平服に黒五条の袈裟をかけ、草鞋《わらじ》を履《は》いている。大刀ひとふりを差して諸国を行脚《あんぎゃ》し、門前で尺八を吹いてはお布施《ふせ》を乞う。その身分は半僧半俗である。

山伏も虚無僧も寺社奉行の支配下だが、両者とも旅暮らしがほとんどゆえ、たとえ悶着《もんちゃく》を起こしても埒外《らちがい》ということになる。つまりお上の手が及び難いというところが、忍びたちの恰好の隠《かく》れ蓑《みの》になっているのだ。

薊たちがすぐさま行動を起こし、旅籠を出た。

急用ができたということにし、宿賃は四人のひと晩分を色四郎が払った。薊がそうしなさいと言うから否やは言えなかった。それでこれまでの出費を考えると、色四郎は頭痛がしてきた。何せこたびの仕事の依頼賃は、上房藩家老牧口仙左衛門からのたったの一両なのである。その金子《きんす》はとっくに費消して、すでに持ち出しとなっていた。金のことで文句を言っても薊は取り合ってくれないし、色四郎の頭痛は当分治りそうもなかった。

山伏と虚無僧団は宿場に留まらずに通過して行き、薊たちは散りぢりになって追跡を始めた。

六

沓掛宿を出ると、山伏五人は山道を登って行き、虚無僧十人はそのまままっすぐに街道を突き進んで行く。

薊は菊丸をうながし、山伏を追った。

色四郎と萩丸は虚無僧を追いつづける。

山の日の暮れは早く、樹木のなかはみるみるうす暗くなってきた。朧《おぼろ》げな宿場の灯が遥か下方に点在して見えている。

しっかりとした足取りで登攀《とうはん》して行く五人の後ろ姿を見るうち、薊と菊丸は緊張を新たにした。

山伏たちはその姿が木に隠れるごとに、一人、また一人と、数が減っていくのだ。彼らは明らかに薊たちの存在を察知していて、危険な罠《わな》に誘い込んでいるようだ。

目顔でうなずき合い、菊丸が薊から離れてすばやく姿を消した。

薊は尚も山伏三人を追って行く。

突如、樹林から野鳥がけたたましい声を上げて飛び立ち、それと同時に二人の山伏が風を切って薊の頭上に落下して来た。

それより早く薊が身を泳がせると、二本の金剛杖が兇暴な唸《うな》りを上げて襲って来た。

仕込み杖を抜き放ち、薊がそれに応戦する。

金剛杖と白刃が烈しくぶつかり、火花が散った。二人の攻撃は執拗《しつよう》で、殺意と憎悪が薊を直撃する。だが一撃も与えさせず、薊は鮮やかに身を躱《かわ》して反撃する。圧倒される二人へ薊が飛翔《ひしょう》し、一人を真《ま》っ向唐竹《こうからたけ》割《わ》りに斬り裂いた。血しぶきを上げてその男がのけ反るのへ、さらに薊が横胴を払う。「があっ」と叫んだ男が後ろ向きに倒れ、そのまま動かなくなった。すかさずもう一人がしゃにむに杖を唸らせ、薊に突進して来た。だがそこで男は凄まじい絶叫を上げた。菊丸が現れ、男の背後から抱きつくようにして仕込み杖をその腹にぶち込んだのだ。男が虚空をつかみながら倒れ伏した。

薊と菊丸はものも言わずに残りの三人を追い、急峻《きゅうしゅん》な山道を登った。だがどこにもその姿はなく、夜の幕がすべてを覆《おお》い隠してしまっていた。

色四郎と萩丸が気に掛かり、二人は漆黒《しっこく》のなかを疾風のように駆け降りた。

しかし街道へ戻っても、色四郎たちや虚無僧団の姿はなかった。旅人の往来は途絶え、人っ子一人見えず、果てしのない闇が広がっているだけだ。どこまで行っても、街道にはなんの変化もなかった。

チイッ。

夜の蟬《せみ》がどこかで間抜けな声を漏らした。

薊の目は道端の馬頭観音にジッと据えられていた。その観音扉にぬめっと光ったものが月明りに見えたのだ。

菊丸もそれに気づき、胴火を照らすと、それは血飛沫《ちしぶき》であった。

「薊様……」

菊丸が息を呑んだ。

「どうやら先を越されたようですね。われらのことは見破られていたのですよ。ここで争いがあったことは確かです」

「では、お二人は」

付近の草むらを探してみるが、双方どちらの死骸もなかった。

「二人の武運を祈るしかありますまい」

「やはりわたくしの胸騒ぎは当たっていましたね」

「今だから申しますが、実はわたくしも妙なざわつきを感じていました。あの十五人の男たち以外に、どこからか何者かの視線が突き刺すような、そんな思いがしていたのです。馬籠峠の四人とは比べものになりませんね」

「これは何か大きな謀略の臭《にお》いがしますよ、薊様。奴らはわれらに邪魔をされたくないのです」

「では邪魔をしてやろうではありませんか、どこまでも」

薊が不敵な笑みを浮かべて言った。

七

五坪ほどの狭い土蔵のなかは、光がなくて黴臭《かびくさ》く、おまけに幾つもの樽《たる》に収められた漬物が腐臭を放っていた。あちこちに藁束《わらたば》も積み重ねられてある。

そこは街道から外れた百姓家で、夜逃げでもしたのか家人の姿はなく、そこへ色四郎と萩丸は拉致《らち》されて来て、土蔵へ閉じこめられたのだ。

沓掛宿を出て虚無僧十人を追ううち、不意に彼らに一斉に取り囲まれ、凄烈《せいれつ》な勢いで襲われた。

虚無僧たちは最後まで天蓋を取らず、抜き放ったその差料《さしりょう》はすべて忍び刀だった。つまり色四郎たちの追跡はとうに気づかれていたのだ。色四郎の道中差《どうちゅうざし》に模した忍び刀と、萩丸の仕込み杖で反撃に打って出た。その際に虚無僧の一人が萩丸に斬られて手疵《てきず》を負い、馬頭観音に血飛沫が飛んだ。

しかし闘ううちに萩丸が人質に取られ、色四郎はやむなく道中差を放って降伏した。

色四郎たちをすぐに殺すつもりはないらしく、十人は恰好の百姓家を見つけると二人をこうして土蔵へ閉じこめ、仲間でも呼ぶつもりか、いずこへともなく姿を消した。

色四郎と萩丸は脱出口を探そうと、土蔵のなかで悪戦苦闘を試みたが無駄だった。出入口は一つしかなく、扉には厳重な鍵がかけられていた。棒手裏剣を使って内側からこじ開けようとしても、錠前はビクともしない。この百姓家のものではなく、恐らく彼らの手持ちの特殊な鍵をかけられたのだ。

「萩丸よ、わしらはどこが死に場所になるかわからんものだな。まさかこんなことになるとは、沓掛を出る時は夢にも思わなんだぞ」

色四郎らしくない弱気な嘆きが出た。彼は積み上げられた藁束に背をもたせ、しゃがみ込んでいる。

萩丸は藁束の上に正座していて、毅然《きぜん》として、

「色四郎様、しっかりして下さいまし。わたくしはこんな所で死を迎え入れるつもりは毛頭ありません」

そう気丈に言っても、色四郎は戦意が喪失したかのように、

「奴らの太刀筋《たちすじ》を見たであろう。あれは並ではなかったぞ。これまでわれらが闘ったことのない相手であった。怖ろしゅうて、身震いする思いがしたわ」

萩丸は色四郎の弱気に取り合わないようにしながら、

「そんなことより、二人とも負傷せず、止めを刺されなかったのがせめてもの幸いだったではありませぬか。まだ逃げる希《のぞ》みはありますよ」

「どうかな。逆の立場になって考えてみろ。これからおれたちは奴らから苛酷《かこく》な拷《ごう》

問《もん》を受け、何もかも白状しろと迫られるのだぞ」

「わかっております」

「おまえは耐えられるか、それに」

萩丸は怯《ひる》まずに色四郎を見返し、

「どんな拷問を受けようとも、覚悟はできております。またそういう時の訓練も受けておりますれば」

悲壮感を漂わせつつも、そう言い切った。

「年のせいかな、わしは近頃そういうことに怺《こら》え性《しよう》がなくなったのだよ」

色四郎がごそごそとふところの奥をまさぐり、二つの黒い丸薬を取り出した。その一つを萩丸に差し出し、

「持っていろ。そして辱《はずかし》めを受ける前に潔《いさぎよ》く自死するのだ」

その丸薬は忍びなら誰もが持っている自害するための毒薬だった。それは生きて虜囚《りよしゆう》の辱めを受けるなという、武士道の教えに基づいていた。

萩丸が丸薬をジッと見て、色四郎を突き刺すような目で睨んだ。

「臆病風に吹かれましたか、色四郎様」

「なんだと」

「こんなものはわたくしには無用です」

萩丸が色四郎の手を払いのけた。丸薬は二つとも転がって土間の闇に消え去った。

色四郎が慌てて腹這《はらば》いになり、それを探し廻る。

「おやめ下さい、色四郎様。甲斐の透波《すっぱ》の名が泣きます」

色四郎が探す手を止め、衝撃を受けたかのように萩丸を見た。

萩丸は色四郎から目を逸らさない。

「……たまげたな」

溜息混じりに色四郎が言った。その胸にズシンと何かが落ちたような感がした。

「なんと申されましたか」

「言うこともすることも、おまえは薊様にそっくりになってきたではないか。三年前に皆で夕影村を出た時は、おまえはまだまだ意気地《いくじ》なしだった。菊丸共々、情けない小娘だったはずだ」

「ええ、洟垂《はなた》れ娘でございましたね」

萩丸が自嘲気味に言う。

「それがなんとしたことだ。中忍であるわしが下忍のおまえに教えられた。目から鱗《うろこ》の落ちる思いぞ。透波の誇りを忘れてはならなかったのだ」

「いいえ、口幅《くちはば》ったいことを……申し訳ありませぬ」

「うむ、よいのだ」

離れかかった心が、二人は再び結ばれたような気がした。

やがて表に不穏な無数の足音が近づいてきた。次いで鍵を開ける音がする。

色四郎がとっさに何かを思いつき、萩丸に耳打ちした。

「火を？」

「よいから寄こせ」

色四郎に言われるまま、萩丸が腰の後ろに吊り下げた胴火を手渡した。

胴火というのは非常用の火器で、木製の小さな筒でできており、くり貫《ぬ》かれた穴の奥に鉄線が張ってあり、燃えつづけるとろ火が外に移らないようになっている。

その鉄線を引き抜き、色四郎は藁束の下にそっと胴火を潜らせた。チロチロと燃える小さな炎が藁を燃やし始める。

扉が開き、百姓姿の雛蔵と蠟女が入って来た。その後ろから十人の虚無僧もついて来ている。

十二人がズラッと揃うと、色四郎と萩丸を取り囲んで見下ろした。

拷問役を任されているのか、雛蔵と蠟女が二人の間近に屈《かが》み、ぐいっと睨み廻した。

「どこの忍びだ、まずそれを明かせ」

雛蔵が端正な顔つきをみじんも動かさず、無表情に色四郎に問うた。

色四郎はそれは隠すつもりはないから、

「甲斐の透波だよ、恐れ入ったか」

揶揄《やゆ》気味に言うと、雛蔵と蠟女は見交わして冷笑し、

「そうか、透波か。見当はついていた」

雛蔵が言い、色四郎を睨む目に力を入れ、

「なぜわれらを追っている。それを言え。誰の指図で動いている」

「それを問う前に、おまえたちの素性を明かしたらどうだ。人に言えぬようなもぐりの忍びと申すなら仕方ないがな」

色四郎が挑発するように言うと、するとそれには虚無僧の一人が進み出て、

「教えて遣わそう。われらは村雲流の忍びなのだ」

「ほう、やはりな、察しはついていたぞ。つまりおん帝《みかど》の忍びというわけか」

「いかにも。ゆえに透波などという田舎忍びとはわけが違う。われらには禁裏の後ろ楯があるのだ」

虚無僧が権高《けんだか》な口調で言い、

「さあ、明かせ。おまえたちの雇い主だ」

「愚問であるぞ、尋常な忍びなら明かすわけがあるまい。斬るなと突くなと好きにするがよい。死んでも言わぬわ」

ふてぶてしく放言をしながら、色四郎は藁束の方にさり気なく視線を走らせた。火は消えてなく、確実に熾《おこ》されていた。

「痛い目を見てもよいのだな」

「ああ、すでに腹は括ってある」

虚無僧が雛蔵にうながして引っ込み、雛蔵は蠟女に目で合図した。

蠟女がうなずき、腰から錐《きり》を取り出す。

「おまえ、手を出せ。爪に錐を刺し通して五本の指を使えなくしてやる。白状する気になったら泣き叫べ。すぐにやめて話を聞くぞ」

色四郎が何も言わず、両手を蠟女に向かって差し出した。

萩丸が息を呑み、焦って、

「待て、わたしからやりなさい」

「おまえにはそんなことはしない。今からこの十人が代る代るおまえを汚《けが》す。男が好きそうだから、拷問にはならぬかも知れんがの」

どす黒い醜女の嫉妬が萩丸に向けられた。

萩丸の表情が凍りつく。

蠟女は色四郎の片手を取り、まず中指の爪から錐を差し入れようとした。

その時、異変に気づいた雛蔵が鼻をうごめかし、

「何か臭うぞ」

鋭く辺りを見廻した。

するとボッと火の手が上がり、藁束が燃えだした。朦々と黒煙も流れ始める。それがみるみる烈しく燃え広がってゆく。

虚無僧十人も騒ぎだし、怒号を発して混乱を来した。

その機に乗じ、色四郎と萩丸が目の前の雛蔵と蠟女に体当たりをし、虚無僧らを蹴散《けち》らせて戸口へ走った。だが蠟女が萩丸の後ろ髪をひっつかみ、元結《もとゆい》が外れて萩丸の髪が垂れ落ちた。

「うぬっ、この阿魔《あま》めが」

蠟女が萩丸をたぐり寄せる。だがそれは束の間のことで、萩丸が手にした小柄《こづか》で蠟女の腕を下から斬った。

「あっ」

蠟女の手首から鮮血が飛んだ。

色四郎と萩丸が表へとび出し、虚無僧たちがしゃかりきで追った。

雛蔵が手拭いで蠟女の手首を縛って血止めをしてやる。

「大事ないか」

「有難う」

雛蔵の気遣いに、蠟女は一瞬嬉しそうな表情になった。

果てしのない暗黒の道を、色四郎と萩丸は突っ走っていた。

それを虚無僧十人が猛然と追っている。

村を二つばかり過ぎたから、そこはもう軽井沢《かるいざわ》宿かも知れなかった。少し先に宿場らしき家並が見え、常夜燈《じょうやとう》の灯が窺える。

ヒュッ、ヒュッ……。

風を切って無数の八方手裏剣が飛来して来た。

「あっ」

一つが肩先をかすめて血が飛び、色四郎がもんどりうった。

「色四郎様」

萩丸が駆け戻って来て、色四郎を支えた。

色四郎が大丈夫だとうなずいて見せ、また二人して走った。

虚無僧十人がぐんぐんと迫って来た。その何人かがさらに手裏剣を放とうと身構えた。

だがそのうちの一人が突如叫び声を上げ、その場にうずくまった。

薊と菊丸の二つの黒い影が木の陰からとび出して来て、矢継早《やつぎばや》に卍《まんじ》手裏剣を放ったのだ。

「おっ、薊様」

色四郎が言い、萩丸と共に駆け寄った。

虚無僧らの隊列が乱れるなかへ、薊と菊丸は尚も手裏剣の嵐を見舞っておき、頃合を見計らって身をひるがえした。

それで四人は闇に消え去った。

八

虎之助の兄の津山日向守正弼は、弟とは二つしか歳が違わず、この兄弟は顔も気性もよく似ていて、さっぱりして男気があり、勇猛果敢で豪気なのである。

それでいて二人とも生きるのに決して不器用ではなく、人とよく折り合い、ふだんは至って穏やかだ。兄は江戸で大番頭を過怠なく二年も務め、弟は国表を守っている。たとえ離れて暮らしていても、兄弟仲はすこぶるよいのである。

こたび、正弼が急遽信州下諏訪に帰ることになったわけは、公務ではなく私事なのだった。

それは虎之助に良縁が持ち上がり、正弼は弟に早く知らせてやろうと、暇を貰って帰参を決めたのである。知らせは文ではなく、本人に直《じか》に会って伝えることにした。それに長らく留守にしていた国表の様子も、その目で見たかったのだ。

良縁というのは、越後国（新潟県）のさる外様大名家から持ち込まれたもので、一年前に虎之助が江戸に遊んだ折、その大名家の美姫《びき》が茶会にて彼を見初《みそ》めたらしいのだ。しかも美姫の家柄は、三万七千石の津山家より一万三千石多い五万石なのである。正弼は弟思いだし、こんな良縁にとびつかない愚か者はいない。

しかし早く弟に知らせてやろうと思っていても、そんな心楽しい帰参だから、正弼は道中寄り道ばかりしている。彼は自他共に許す食通なので、宿場ごとに美味、珍味を味わってはゆるりと中仙道を上っているのだ。

その日は上州《じょうしゅう》松井田《まついだ》宿泊まりで、昨日着到し、出立は明日というゆるやかな日程にしてあった。堅苦しい本陣を抜け出て、隣接してある茶屋本陣が正弼は気に入り、そこでずっと過ごしている。

茶屋本陣は小規模ではあるが、間口十三間（約二三・六メートル）に奥行き七間（約一二・七メートル）、総二階建、切妻造りの豪壮なもので、そこを利用するのは大名か大身《たいしん》旗本と決まっているらしく、厳《いか》めしい本陣とは別の遊びの空間なのである。

四帖半の上段の間は、ふつうのそれより五寸ほど高い書院造りになっていて、釣り天井だからひときわ高い。庭に面した大障子を開け放つと、遥か妙義山《みょうぎさん》の景観が楽しめ、涼風吹き渡り、正弼はすこぶる満足なのである。

そこで今か今かと昼餉《ひるげ》を待っていると、家老の服部庄左衛門《はっとりしょうざえもん》が入室して来て、

「昼餉でございます」

と硬い口調で告げた。

「わかっている、早う致《せ》せ」

腰を浮かせて急かした。

正弼は腹が減ると気短かになるのである。

急かされても服部は落ち着いたもので、武骨《ぶこつ》で謹厳実直《きんげんじっちょく》な気性だから、お手を清めて参られよとか、亡君に感謝をなどとひとくさりうるさい。白髪頭《しらがあたま》はほとんどなくなり、眼光だけは厳しく、規律が着物を着ているような男だ。

正弼がやむなく廊下の手水《ちょうず》を使い、部屋へ戻って来ると、付女中がしずしずと箱膳を運んで来た。それには湯気の立ったどんぶりが載っている。

「おお、うまそうであるな」

目の前に膳が置かれると、正弼が率直に目を輝かせた。

それは手打ちうどんに竹輪《ちくわ》、油揚げ、葱《ねぎ》、椎茸《しいたけ》、里芋《さといも》などの時節の野菜を盛り、生玉子を浮かせ、味噌で煮込んだうどんだった。簡素な田舎料理には違いないが、味噌に独特のこくと味があり、風格ある上州名物なのである。

正弼が舌鼓《したつづみ》を打っている間、服部は真面目くさった表情のままで、

「古《いにしえ》より、上州名物は嬶《かか》ア天下に空っ風と申しまするな、殿」

「む？　ああ、うむ」

正弼は食べるのに夢中だ。

「その嬶ア天下と申しまするは、何も恐妻を意味しているのではござらんのですぞ」

「なに、そうなのか」

「あれは甲斐性《かいしょう》あってよく働くおなごのことを申しているそうでして、それがしも当地へ来て初めて知りました。ですからその煮込みうどんなどは、まさに上州女の作りだした郷土の味と申すべきかも知れませぬ」

「なるほど、なるほど」

ああうまかったと正弼は食べ終わると、

「庄左衛門、散策に参るぞ。つき合え」

「はっ、お供仕《つかまつ》ります」

殿様が外出するとなるとものものしくなるもので、服部以下の家臣がほとんどしたがってぞろぞろと警護についた。

正弼は宿場を徒歩で行き、沿道の店の人間に殿様らしくない笑顔をふりまき、見るものすべて珍しい目になっている。

服部はつきしたがいながら、当地の沿革などをまたひとくさり聞かせて、

「松井田のそもそもの地名の始まりは、松枝と記されてありましてな、その昔に六斎市《ろくさいいち》と申す市が立ち、繭《まゆ》や生糸《きいと》で富栄えたものでござります る」

「左様か」

正弼は毒味の済んだ土地の饅頭《まんじゆう》を頬張っている。

そうして正弼らの一行が通り過ぎると、沿道で畏《かしこ》まっていた一人の露天商の男がスッと立ち上がり、路地裏に消えて行った。

やがて男の姿は宿外れに現れ、寺院の境内《けいだい》へ入って行くと、墓地のなかにある五輪塔の前に立った。風雪に墨痕《ぼっこん》の消えかかった板塔婆《いたとうば》が並んでいるが、墓参する人影は一人も見えない。

やがてその周りに、虚無僧、山伏、浪人、行商人などに変装した「七方出」の忍びたちがどこからともなく集まって来た。それらは虚無僧十人であり、山伏の生き残り三人もいた。

男はよく見ればまだ若く、その名を小十郎《こじゆうろう》といい、凜々《りり》しい顔立ちなのだが、極めて冷酷そうである。露天商の姿は偽装で、小十郎はそこに集まった下忍たちを

差配する村雲流の上忍の立場なのだ。

小十郎がふっと見廻して、

「雛蔵と蠟女はどうした」

二人の姿がないので面妖《めんよう》そうに言った。

下忍たちも不審げに見交わしていたが、

「つなぎは途絶えております。どこかでひっかかりができたのやも知れませぬ」

一人が答えた。

彼らの言うひっかかりとは予期せぬ出来事のことであり、何が起ころうがそれはおのれで切り抜けるしかなかった。所在がわかっていても、事と次第によっては仲間を見捨てることもあった。それが忍びの非情な世界なのである。

「まっ、よかろう」

そう言うと、小十郎が下忍たちを見廻し、

「かねてよりの手筈《てはず》通り、今宵この松井田宿で決行する。よいな」

全員が無言でうなずく。

「津山日向守正弼……日本橋を出てよりのあ奴の報告は逐一《ちくいち》受けている。大宮《おおみや》、熊《くま》ケ谷《がや》、本庄《ほんじよう》、板鼻《いたはな》と旅をつづけるなかで、あ奴の太平楽には呆《あき》れてものが言えぬわ。たとえ命運尽きるとも、誰もその死は惜しむまいのう」

一切の感情を表さず、小十郎が言った。

九

松井田宿へ向かうつもりが、雛蔵と蠟女は予期せぬ足止めをくらっていた。

そこは坂本宿《さかもと》と松井田宿の間にある横川《よこかわ》の関所で、二人は百姓の夫婦者ということで通過しようとしたのだが、ここは女改めが厳しく、しかも蠟女の手形に不備が見つかったらしく、役人に待ったをかけられたのだ。

元より彼ら忍びのこさえた偽の手形であるから、もっともらしい体裁は整っていても、老練な関所役人がじっくり見ればどこかうさん臭いのである。

それで二人揃って一般の旅人を吟味《ぎんみ》する向かい番所から、関所の本屋である面《おもて》番所《ばんしょ》へ連れて来られ、役人たちに囲まれて詮議《せんぎ》を受けることになった。

横川の関所はまたの名を碓氷《うすい》の関所ともいい、最寄りの安中《あんなか》藩板倉《いたくら》家が監督を受け持たされている。入《い》り母屋《もや》造りで、上《かみ》番所、面番所、平《ひら》番所、向かい番所と、どこも広い土間でつながっていて、勝手場もある。そして建物全体に庇《ひさし》が長く張り出している。これは雨の日の旅人への配慮なのである。

すでに小十郎と仲間たちは松井田で待っているはずだから、雛蔵と蠟女の面上には微かに焦りが浮かんでいた。

老役人がうさん臭いと思ったのは手形だけでなく、蠟女のその器量や雰囲気が原因であった。

蠟女は表情が暗く、不器量で、そんな百姓女は珍しくはないのだが、蠟女は目の奥に不敵な底意のようなものを秘めているため、老役人はそこがひっかかったのだ。

関所役人の数は全国どこでも二十人余で、番頭《ばんがしら》、横目役、平番、同心、足軽《あしがる》、中間などで構成されている。侍たちは水色の羽織を着て、足軽らは花菱紋《はなびしもん》のある紺の半纏《はんてん》姿だ。

手形には当人の在所、名主名が書かれ、どこそこへ何用で行くのかの理由が明記されていなければならない。それで当人が名主へ願い出て、名主保証の書類に、さらに藩主名が裏書され、旅先で通過する関所奉行名が末尾に記される。

そうなってなければならないのだが、老役人は程村紙《ほどむらし》に書かれた手形の内容に読み入りながら、「これ、お沢」と蠟女の偽名を呼んで、

「何度も尋ねるが、おまえの在所は信州佐久郡《さくごおり》小諸、塚原村であるな」

「へえ」

蟋女が青褪《あおざ》めたような顔で、百姓女らしく答える。

「ところがここに不審があるのだ」

蟋女は雛蔵とさり気なく視線を交わし、

「どんなご不審でございますか」

「ここにある名主の名だ。これによると名主山田久兵衛とあるが、この者は今年の正月に卒中で死んでおる。わしがとむらいにも行ったのだから間違いない。だから今は倅の久七が継いでおるんじゃよ。しかるにおまえの手形は今年の六月の日付ゆえ、久七の名で裏書されておらねばならん。もう使えなくなった手形をどうしておまえが持っているのか、そこが大いにの、不審なのじゃ」

「………」

蟋女は何も言えなくなり、うなだれた。

名主が代ったことまで、調べが行き届かなかったのだ。

雛蔵が必死で取り繕いながら、

「待って下せえ、だったらおらの手形もおなじ久兵衛様の名めえになっておりますが。久七様が間違えたんじゃございませんか」

「そんなことがありうると思うか」

老役人にジロリと睨まれ、雛蔵は口を噤んだ。

「ゆえにの、おまえたち二人は怪しいのじゃよ。素性を隠しておらんか。信州のおまえたちが上州松井田まで何をしに参るのだ。遊山《ゆさん》とは言わせんぞ。今は田植えで忙しいはずであるからな。さあ、有体に申せ。おまえたちは何者なんじゃ」

雛蔵と蠟女が押し黙った。

ここは逆らわないでおいて、どうせ入牢されるのだろうから、夜を待って破牢するしかないと思った。

案の定、老役人が下知《げち》し、役人たちが二人を捕えて入牢されることになった。そうして面番所を出て、建物の裏手にある牢屋へ向かった。

それを待たされている旅人たちが鈴なりで見ていたが、そのなかに薊、色四郎、萩丸、菊丸がいた。四人とも、町人の旅姿だ。

雛蔵と蠟女の顔を忘れるはずがなかった。

薊が三人に目顔で合図し、関所を逆戻りして消え去った。

十

破牢すればよいと高を括っていた雛蔵と蠟女の思惑は、だが見事に外された。牢屋の前に足軽と中間の二人の見張りが立ち、提灯《ちょうちん》も赤々と照らされて、今宵は不寝番《ねずのばん》をするようだった。

二人は明日には安中城へ移送され、本格的な取調べを受けるのだ。飯は満足なものが出たが、さすがに喉を通らなかった。

向き合った男牢と女牢に、雛蔵と蠟女は入っていた。見張りの目があるから蠟女は声を一切出さず、雛蔵の顔を見つめて唇だけを動かして話しかける。忍び独特の喋り方だ。

「ご免ね、雛蔵さん」

雛蔵もおなじく口だけを微かに動かし、

「おまえが謝ることはない」

「ううん、悪いのはわたしだよ。いつもあんたの足を引っ張るみたいで、本当にすまないと思ってる」

蠟女の本音は雛蔵に縋《すが》りつきたい気持ちなのである。だが切な過ぎて、この狂おしい胸の内を明かすことはできないでいた。

「もうよせ。それよりどうやってここから抜け出す。それを考えるんだ」

「火を出すつもりさ」

「胴火はあるのか」

「あっ」

蠟女が舌打ちした。荷物は一切合切《いっさいがっさい》役人に取られてしまったのだ。

雛蔵の視線が廊下の提灯に注がれた。

蠟女もおなじことを考え、そっちを見た。

あの提灯の火をたぐり寄せ、火災を起こして騒ぎが持ち上がれば、その機に乗じて逃げられる。

「どうやる？」

雛蔵が問いかける目をくれた。

蠟女は思案に詰まり、考え込んだ。

その時、足軽と中間が同時に呻《うめ》き声を上げてどさどさっと倒れた。

何事かと二人が見ると、忽然《こつぜん》と現れた黒装束《くろしょうぞく》の萩丸と菊丸が足軽たちに襲いかかり、当て身をくらわせて倒したところだった。

萩丸たちを見た二人が顔を強張《こわば》らせた。とっさに彼女らの行動が理解できず、烈しく混乱する。

萩丸が女牢に寄り、足軽の腰から奪った鍵で錠前を開けにかかった。

「ま、待っとくれ。なんであんたたちが」

蠟女が言っても萩丸は何も答えず、無言で牢を開けてその鍵を菊丸に放った。

菊丸が男牢を開けにかかるが、雛蔵も戸惑っていて、

「よせ、あんたらに助けられたくない」

「だったら、どうなる？」

菊丸はちょっとからかうような目になり、クスッと笑って、

「忍びは忍び同士、困った時はおたがい様じゃなくて？」

雛蔵が言葉に詰まった。

牢が開き、萩丸と菊丸が二人をうながす。

雛蔵と蠟女は尻込みするように複雑な視線を絡ませ合っていたが、やがて雛蔵が意を決して牢から出た。蠟女もそろそろとそれにつづく。

すかさず萩丸と菊丸が二人に寄って、小柄を躰に突きつけた。脅しではなく、一

触即発の危険を孕《はら》んでいた。抗《あらが》えばいつでも刺すつもりのようだ。

「わかってるわね、只じゃ助けないわよ」

萩丸が言うと、雛蔵も蠟女も無言で見交わすしかなかった。

十一

灌木《かんぼく》の繁みのなかで、雛蔵と蠟女は四人に取り囲まれていた。

そこは碓氷峠に至る前のはんね坂と呼ばれる所で、石塊《いしくれ》の多い急坂の難所である。

夜更けの山中を徘徊《はいかい》しているのは、熊や鹿の獣たちだけだ。

「おまえたちが村雲流の忍びであることはわかっている。名は明かさずともよい」

無言でいる二人に蓟が決めつけ、

「おまえたちの狙いを明かしなさい。何を企《たくら》んでいますか」

蠟女が顔を上げ、ふてくされたような笑みを浮かべた。

「それをわたしたちが明かすとお考えか。命を助けて貰った恩義は感じておりますが、その前にわたしたちには掟《おきて》があります」

「わかっています。されどあえて問いたい。われらに無体《むたい》なことをさせずに打ち明ますけなさい」

無体なこととは、拷問にほかならない。

「無理ですよ。拷問でもなんでもして下さいまし。喋るくらいなら舌を噛んで死にます」

蠟女の覚悟は偽りではないようだ。

色四郎が柔和な笑みになり、

「まあまあ、そう片意地を張るものではないぞ。たとえ狙いを聞いても用なしとはしないつもりだ。命は取らない。すぐに解き放ってやるよ」

蠟女が黙りこくっている雛蔵の横顔を、そっと窺い見た。

薊も雛蔵に目を向けて、

「おまえは何を考えていますか」

「………」

「やはりこの者とおなじ意見か」

雛蔵は目を伏せ、尚も押し黙っていたが、やがてかすれたような声で、

「……怖ろしいことが行われようとしております」

蠟女が目を尖らせ、騒ぐようにして、

「あんた、言ったらいけない。敵に寝返るつもりか。そんなことしたら三界《さんがい》に身の置き場がなくなるよ。生きていられなくなってもいいのかい」

「構わねえ」

取りつく蠟女の腕を雛蔵はふり払い、強い意志の目で薊を見ると、

「われらの頭目はこの何年かに亘って外様潰しをやってきた。幾つも幾つもそれをやってきたんだ。それで今度また新たな外様を犠牲にしようとしている。それがあんまりむごいんで、おれは気の毒でならねえと常々思っていた」

「よしな、よさないか」

雛蔵に蠟女がとびつくのを、菊丸が押さえつけた。

蠟女があがいてもがく。

「その新たな外様とは」

薊の追及に、雛蔵が即答する。

「信州下諏訪、鏡山藩三万七千石」

「下諏訪……」

サッと眉間《みけん》に皺《しわ》を寄せ、薊がつぶやいた。

雛蔵がつづける。

「すでにあちこちに罠が張りめぐらされ、鏡山藩はがんじがらめになっている。その網をぶっち切るのはもはや誰にもできん。知らないのは、気がつかないのは鏡山藩の連中だけなんだ」

「作州上房藩、因州羽衣藩……みんなおまえたちの仕業だと申すのだな」

薊の言葉に、雛蔵がうなずく。

「して、おまえたちが上州へ向かっているのは何をするためですか」

「松井田に鏡山藩の殿様が逗留しています。今宵、その殿様を暗殺するつもりなんです」

「今宵……」

薊が緊張をみなぎらせ、他の三人と鋭く見交わし合った。

「どうしますか、薊様」

色四郎の問いに、薊は迷いも何もなく、

「この足で松井田へ行きましょう。間に合えば人一人の命が救えます」

薊が萩丸と菊丸をうながし、そのまま消え去った。

色四郎はあとに残り、雛蔵と蠟女を見て、

「よくぞ打ち明けてくれた。さあ、どこへなと行くがよい。消えろ」

「お構いなしか、わたしたちは」

信じられない目で雛蔵が言った。

それにはもう何も言わず、色四郎も身をひるがえして消えた。

蠟女は雛蔵に背を向け、沈黙している。

「蠟女、許してくれ」

「………」

「今、おれが言ったことは本当なんだ。外様大名が次々に潰されて、罪もない人たちがひどい目に遭わされるのは我慢ならなかったんだよ」

「………」

「もうおまえともこれきりだ。おれは仲間を裏切ったんだから、野に下る。達者でいろ」

雛蔵が立ちかけると、蠟女がやおらその腰に縋りついた。

「嫌だ、あんたと別れるなんて嫌だ」

「蠟女……」

「黙ってりゃわかりゃしない。口を拭って小十郎様の前に戻るんだ。今のことはなかったことにするんだよ」

「そ、それでいいのか、蠟女」

「ああ、それでいい。わたしもあんたとおなじ考えだった。前からそう思っていたよ」

蠟女にとって、この世で一番大事なのは雛蔵なのであった。

第三章　女夜叉《によやしや》

一

事の初めは、天井裏を駆けめぐる異様な足音だった。

その音がしだいに大きくなり、屋根上からも聞こえてきて、数も増えてあちこちから不穏な様子が伝わってきた。鼠《ねずみ》かと思ったがもっと目方がありそうで、足音の正体を追って本陣の部屋から部屋を駆け廻る藩士たちは、相手の正体がわからぬだけに恐慌をきたした。

騒ぎに駆けつけた家老の服部庄左衛門は、襷《たすき》がけに鉢巻を結び、長槍《ながやり》を携えていた。

「ええい、何をしている、早う曲者《くせもの》をひっ捕えい」

厳しく勇猛に言い放ち、老骨に鞭打《むちう》つようにし、みずから率先して天井の四方に槍を突き通した。その切っ先鋭く、謎の足音が逃げて行く。藩士たちがそれを追って、さらに駆けめぐった。

異様な足音は今度は屋根から聞こえ、それが庭のある方へ向かったので、藩士二人が逸早《いちはや》く先廻りをした。

すると藩士の一人が「ああっ」と叫んだ。

屋根上に立っていた黒い影が、疾風の如くに舞い下りて来たのだ。影は黒小袖《くろこそで》を着て、下は野袴《のばかま》である。袴の裾を野戦の武士のように脚絆で縛りつけている。さらに奇怪にも烏天狗《からすてんぐ》の面をつけており、それがものも言わずに抜刀した。そして正眼に刀を構えるや、烏天狗はそこでケラケラと二人を愚弄《ぐろう》する笑い声を上げたのである。

藩士たちが逆上して抜き合わせ、「方々、お出合いめされい」と一人が大音声《だいおんじょう》で叫び、二人して烏天狗に斬りつけた。

だが勝敗は一瞬でついた。

烏天狗は一人の横胴を払って血祭に上げ、もう一人を真っ向から斬り裂き、喉を突いて刺し殺した。

異変に気づいた何人かの藩士が駆けつけて来た時には、烏天狗は鎖梯子《くさりばしご》を使って身軽に屋根上によじ登っていた。梯子がガラガラと巻き上げられる。二人の骸《むくろ》に叫んで取りつきつつ、屋根上を仰ぎ見た藩士たちがおののきの声を上げた。烏天狗はズラッと六人に増えていたのだ。それらが嘲弄《ちょうろう》するかのようにしてこっちを見下している。

藩士の一人が呼び子を吹くと、三十人近くが四方から殺到して来た。

烏天狗たちは風をくらって消え去り、藩士らはいたずらに右往左往し、大混乱を来した。

烏天狗の出現を聞いた服部庄左衛門は、日向守正弼のいる茶屋本陣へ急ぎ足でやって来た。本陣とは渡り廊下でつながっている。本陣の騒ぎをよそに、そこは不気味に静まり返っていた。

服部は悪い予感に胸が悪くなってきた。

武勇の誉れ高き正弼が、この騒ぎにおとなしくしているはずはないのだ。

「殿……」

長槍を構えて油断なく書院へ入った。網行燈《あみあんどん》の仄明《ほのあか》りに照らされ、夜具がこんもりと盛り上がり、正弼は寝ているようだった。

「殿、起きて下され」

枕頭《ちんとう》へ廻り込み、そこで服部は「ぐわっ」とこの世のものとも思えぬ絶叫を上げた。

枕に正弼の頭はなく、切断された首から下の胴体だけが仰臥《ぎようが》していたのだ。そこから湯気が立っていて、夜具は血の海だ。

服部が血走った目を辺りに走らせ、それが床の間で釘付けになった。

台座の上に、正弼の生首が鎮座ましましていたのだ。

「おおっ、殿っ」

服部の断腸の声だ。

目を閉じた正弼の顔はいかにも無念そうだったから、服部は思わず声を詰まらせて号泣した。

「殿……殿……」

滂沱《ぼうだ》の泪《なみだ》は止まらなかった。

それを見届けるかのようにし、隣室の屏風の陰にいた小十郎が音もなく書院から出て行った。

服部は気づかずに嗚咽《おえつ》している。

小十郎のその横顔には、ゾッとするような冷笑が浮かんでいた。

それは騒擾《そうじょう》を起こして敵陣を攪乱《かくらん》させ、その隙に目的を果たす忍び独特の戦法だった。

二

朝未《あさま》だきに、薊の姿は色四郎と共に中仙道にあった。

上州松井田宿から逆戻りして、信州下諏訪宿をめざしている。二十里余の道程を行ったり来たりしている自分に苦笑が出た。しかし事態は苦笑どころでは済まされず、鏡山藩の存亡がかかっているのだ。

昨夜、本陣へ駆けつけるも時すでに遅く、日向守正弼は暗殺されたあとであった。藩の者たちはひた隠しにしていたが、何があったのかは、外側から見るだけでもすぐにわかった。

藩主の急死に動揺は隠せず、本陣のなかから藩士たちの啜《すす》り泣く声が漏れていた。慌ただしい人の動きが絶え間なく、その恐慌ぶりは手に取るように伝わってきた。

一手も二手も遅かったのだ。予期はしていたものの、そのことで薊の心は悲しく閉ざされた。

警戒を強めていたが、薊は単身で内部へ忍び込み、茶屋本陣に安置された正弼の遺骸を天井裏から覗き見た。切断された生首には白布が被せられ、無理にくっつけるようにして胴体の上に置いてあった。

それだけ見れば十分だった。

本陣を出て色四郎たちに命じ、付近を探索させた。

だが村雲流の忍びたちは、宿場から忽然と姿を消していた。あの雛蔵と蠟女はどうしたものか、やはりどこにもいなかった。もはや松井田に用はなく、鬼の群れは一路下諏訪をめざしたのに違いない。

それで夜の明けぬうちに薊たちも街道に乗り出した。四人で連れ立って行くのは愚かしいから、二人一組となり、道中前後することとなった。萩丸と菊丸も街道のどこかにいるはずである。

薊たちが松井田を抜けたところで、本陣からとび出して来た早駆けの騎馬一騎が薊たちを追い抜いて行った。馬上では鏡山藩の藩士が鞭をふるっていた。これより下諏訪に異変が知らされるのだ。

すでに近在で、鏡山藩に関する情報は入手していた。

正弼には虎之助という弟がいて、それが急遽家督《かとく》を継ぐことになりそうだった。

津山家における兄弟仲のよさは、近在までも聞こえていた。

恐らく村雲流の外道《げどう》どもは、これより虎之助の命脈を断つつもりなのだ。それが仕上げとなり、鏡山藩三万七千石は改易《かいえき》となる。

そうはさせじと、薊は奥歯を嚙みしめた。

薊にとっても、こたびの件は下諏訪で仕上げとしたかった。

村雲流との対決が、刻一刻と迫りくる感がした。

三

昼下りを過ぎ、日が西に傾き始める頃には追分宿《おいわけ》へ入った。

松井田からここまでが七里ほどだから、尋常な旅人なら、どんなに早くとも到着は夜となっているはずだ。

追分は本陣も脇本陣もあるれっきとした宿場だが、時刻のせいか通りに人影は少なく、遊女屋の紅殻格子《べんがらごうし》の向こうにも女郎衆の姿は見えなかった。朝のうちは善光《ぜんこう》寺参《じ》りの旅人でさぞ賑わったはずなのである。まるで時が止まったかのような、宿場はひどくのんびりとした風情だった。

薊と色四郎が「わかされの道」まで来ると、萩丸と菊丸が道端にしゃがみ、草団《くさだん》子《ご》を頬張っているのに出くわした。二人とも薊たちを見て慌てた表情になる。そうした彼女たちの姿はごくふつうの年頃の娘なのである。

薊はよいのですよとやさしい目で言い、通り過ぎて行った。その背後で、変事はないかとひそかに聞く色四郎の声が聞こえる。何もないので拍子抜けしています、と答える萩丸の声がして、それで団子かよと色四郎がからかい、娘二人はクスクスと笑っている。

「わかされの道」というのは、中仙道と北国街道《ほっこくかいどう》との別れ道（分去れ）という意味で、右に北国街道が延び、「従是《これより》北国海道」、そして左に「従是中仙道」と書かれた道標がある。

北国街道は堂々たる天下の大道で、五街道と比べても決してひけをとらない。人馬の往来は引きも切らず、時に五街道を凌駕《りょうが》するほどの勢いを示している。この街道は追分から北西に向かって分岐するもので、浅間山の裾野をぐるりと北行して行くと小諸の城下町となり、次に田中《たなか》、海野《うんの》を経て上田《うえだ》に至る。さらに坂木《さかき》、戸倉《とくら》、矢代《やしろ》、篠ノ井追分へと達し、ここで洗場《せば》から来る善光寺西街道と合流して、丹波島《たんばじま》から筑摩川《ちくまがわ》を渡れば、そこは川中島《かわなかじま》である。信州追分から善光寺までが十九里で、そこまでを善光寺街道という。

薊が中仙道と北国街道の分岐点に立ち、二つの道標の背面を見た。

そこには「西于時延宝《えんぽう》七己未《つちのとひつじ》年三月十日」と書き記してあった。

「まあ……」

薊が人知れず小さな声を漏らした。

延宝七年（一六七九）といえば、今から二十四年前ということになる。

（二十四年前なら、二十一歳だった……）

ある御方のことを思って、少しだけ薊の心が湿った。

こうして行く先々、折につけ、ものに触れるごとに、薊には大石内蔵助のことが脳裡《のうり》に浮かぶのである。いつも心にあって、ひそかに父を偲んでいるのだ。

薊たち四人が中仙道へ去った頃、北国街道の草原に小十郎の姿があった。その前に雛蔵と蠟女が畏まっている。

さらに周りを囲むようにして、旅の浪人姿になった十人以上の下忍たちがいた。

立っていると人目につくので、全員が車座になり、丈の高い夏草に身を隠している。

辺りはもう薄暮である。

「なぜ遅れた」

厳しさを秘めた声で、小十郎が二人に問うた。

「申し訳ございません。手形のことで役人に文句をつけられてしまい、横川の関所で足止めを食らいました」

雛蔵が答えるのへ、小十郎は冷やかな目をくれて、

「手形に不備でもあったのか」

蠟女が土下座をして地面に頭をすりつけ、

「小十郎様、雛蔵さんのせいではなくて、わたくしが悪いのでございます。名主の名前が死んだ人のものだったんです。それをよく調べないで手形をこさえてしまいました」

「関所には留めおかれたのか」

二人がオズオズとうなずく。

「どうして放免された」

「そ、それは……」

言葉に詰まる雛蔵を、蠟女が助けるようにして、

「役人の隙をみて逃げました。二人して破牢したんでございます」

破牢などは忍びにとっては朝飯前のはずだから、咎《とが》められまいと蠟女は思っている。

薊たちに助けられたことは、よもや死んでも言えなかった。

事実、小十郎は咎めはしなかったが、どこかひっかかる顔で考えている。

その様子をそっと窺い見て、雛蔵と蠟女は生きた心地がしない。

そうした息詰まるような彼らの思惑は、

「……よし、相わかった。ではかねてよりの手筈《てはず》通りに下諏訪へ向かうぞ」

小十郎が下知し、全員が散った。

すると小十郎は、側近らしき下忍にそっと囁いたのである。

「おまえ、この足で横川へ行け。今の話の裏を取ってくるのだ」

下忍は何も言わずに消え去った。

すっかり暗くなった草原を歩きながら、小十郎の表情には疑心暗鬼が漂っていた。

この男は何人《なんぴと》といえども信用することはなく、他人に心開かず、何事にも常に疑いを持って生きているのである。

四

夜目にも白き鏡山城が見えてくると、家老服部庄左衛門はなぜか胸苦しいような思いがした。理由はわからぬが、城全体を黒い魔の影でも覆《おお》っているような、そんな圧迫感を覚えたのだ。虫の知らせというやつかも知れなかった。

この上の兇事があってはならじと、服部は急ぎ下乗して馬を引き、懸橋《かけはし》を渡って城門へ近づいて行った。

すでに早駆けの使者が正弼の死を伝えているはずだった。そのせいか、天守は火が消えて家中《かちゆう》は喪《も》に服しているように見える。

厳かに城門が開かれ、門番などではなく、しかるべき侍が迎え出た。それは中老の有馬軍兵衛《ありまぐんべえ》である。中老は家老の次席にあたり、服部と有馬は若き頃より気脈を通じ合わせた仲なのだ。歳は十近く下だが、有馬もすでに初老となって老け込んでいる。だが服部と違って肉づきはよく、小肥《こぶと》りの体軀《たいく》をしている。

有馬の後ろに御刀番十文字右京、大納戸門倉長三郎、小納戸岩城宇太夫らも居並んでいた。

「ご家老」

有馬が切迫した様子になり、胸につかえていたものを吐き出そうとでもするように何かを言いかけ、十文字らも口々に言葉を発しかけた。

服部はそれをすばやく手で制し、

「その方らの話はあとに致せ。虎之助君《ぎみ》はどうしておられる」

「お人払いをなされ、ご寝所にて引き籠もっておられる」

有馬からそれだけ聞くと、服部は何も言わずに馬を十文字らに預け、有馬を目でうながして重々しい表情で城内へ向かった。

「供の者たちはいずこでござるか、ご家老」

門倉の問いに、服部は背で答えて、

「松井田本陣の後始末を終えたのち、行列は明日には着到致す。殿のお亡骸《なきがら》もその時お帰りになられる。急ぎ葬儀の支度にとりかかるがよいぞ」

虎之助の寝所へ向かい、長廊下を渡って来た服部が眉間を険しくし、そこでヒタッと歩を止めた。
・その視線の先を追った有馬が、気の滅入《めい》るような顔になる。

家中全体が喪に服しているのに、庭を挟んだその一室にだけ煌々と灯がつき、微かだが女の忍び笑いさえ聞こえるではないか。

「あれは？」

服部の問いに、有馬が言い難そうに、

「若が下諏訪の湯宿でさる女性《にょしょう》と知り合うてな、絹女というんだが、お親しくなられて、そのままお城へ連れ帰られたのだ」

余人がいなくなると、二人はこうして馴れ親しんだ言葉遣いになる。

「側室にするつもりか」

「どうもそのようだな。おれも困っている。あのようにして御殿の一室を与えて、好き勝手をやらせている。若と絹女は今は一日とて離れられない仲なのだ」

「部屋に一緒にいるのは誰だ」

「女の父親で尼子道円殿という儒者だ。若は絹女の父親にも手厚くなされ、儒学師範というお役を与えて二百石を下された。といっても、それはまだ口約束だがな」

「ちとご勝手が過ぎるのではないのか」

「おれも反対したんだが、若はあとで殿に話を通すからと申され、我を張られた」

「ふん、その話はもう永遠に通ることはないのだ」

吐き捨てるように言い、服部はズカズカと廊下を廻ってその一室へ行こうとした。

有馬が止めて、

「おい、尼子殿に何か言うつもりか。今宵だけはやめておけ」

「藩主が身罷《みまか》ったと申すに、あの様子では酒を酌《く》み交《か》わしているのではないのか。若やわれらがとむらい酒を飲むのならともかく、門外漢が何ゆえの所業ぞ」

「しかし、相手はお儒者なんだぞ」

「だからなんだ。この家中にあってわしの上は虎之助君だけだ。このような新参者の軽挙は断じて許せん」

いきなり障子を開け放ち、服部が廊下に仁王立ちとなり、怕《こわ》い顔で部屋にいる二人を睨み据えた。その背後で有馬があたふたとしている。

向き合って酒を酌み交わしていた尼子道円と絹女が驚き入り、少し慌てて服部を見た。

「ご主君正弼様がお亡くなりになられたことは、耳にしておるのか」

道円は絹女と見交わし、

「あ、いいえ、存じ上げておりませんでした」

服部の気魄《きはく》に呑まれ、道円がややうろたえたように答える。

絹女が動揺を浮かべて、

「まあ、なぜそのようなことに……では若はどうなるのでございましょう。いったい何があったのでございますか」

「若の心配より、その方たちの身を案じた方がよかろう。若が気に入って城に入れたのはよいが、藩の事情が変わったのだ。早々に立ち退《の》いて貰うことになるやも知れん」

道円が不快を表して、

「いきなりのそのお言葉、些《いささ》か常軌を逸してはおりませぬかな。それがしは儒者の尼子道円と申すが、お手前は」

「家老の服部庄左衛門である」

服部が厳然と名乗った。

「おおっ、これはご無礼を」

道円が平伏し、絹女もそれに倣《なら》った。

「ともかく今宵だけでも酒を慎むのだな。家中は火が消えてござればの」

それだけ言い、服部は有馬をうながして立ち去った。

道円が頭を上げ、ギラッと憤怒《ふんぬ》の目を絹女に向け、小声で難詰する。

「これはなんとしたことだ」

絹女はことのほか狼狽し、顔を上げられずに、

「も、申し訳もございませぬ……」

「家老が立ち戻るとは誰の報告にもなかったぞ。このわしがなぜあんな老いぼれに頭を下げねばならん。立ち退けとはなんたる言い草であるか」

道円は誇りが疵《きず》つけられ、怒髪天《どはってん》を衝《つ》く勢いで、

「このうつけが。愚か者めが。わしをなんと心得おるか」

絹女を引き据え、叩頭《こうとう》したままの首根を押さえつけ、凄まじい膂力《りょりょく》で絞めつけた。明らかに腹いせである。

絹女は苦しくて顔が鬱血《うっけつ》し、ものも言えずに美しい顔を醜く歪《ゆが》めている。この二人が親子とはとても思えなかった。

獣が獣を折檻《せっかん》するということは、こういうことなのである。

五

虎之助は寝所で、酒など飲まずに凝然《ぎょうぜん》と端座して何やら考えに耽《ふけ》っていた。

服部と有馬が静かに入室して来て、その近くに並んで座った。

「若……」

虎之助を見ると、掛ける言葉がすぐに見つからず、服部は感極まって嗚咽がこみ上げ、手拭いで口許を押さえて、

「お許しを」

暫《しば》し声を殺して咽び泣いた。

有馬はその場に伏して肩を震わせている。

二人に先に泣かれてしまったので、虎之助は機を逃したように視線をさまよわせていたが、それでも悲しみはおなじだから唇をわななかせ、顔を悲痛に歪めて、泪だけはどうにか怺《こら》え、

「……どうしてこんなことになった」

「何者かに夜討をかけられたのです」

服部がつらい顔で告げる。

「夜討だと？」

虎之助は奇異な目で服部を見るや、

「戦国の世でもないのに、そんなことがあるものか。敵は何者だ」

服部がかぶりをふって、

「一切わかり申さん」

「わからぬだと？　庄左衛門、それで道中の宰領頭《さいりようがしら》が務まるのか」

「申し訳もござりませぬ」

服部がひれ伏した。そして覚悟をつけた暗く、重い声で、

「手に掛けし者、かならずやこの手で。身命を賭《と》してお誓い致しまする。その決着がつくまでは死ぬるつもりはござりませぬ」

服部の気魄に満ちた言葉に、虎之助はややたじろいで、

「よ、よせ、そこまで申すな。おまえに腹を切って貰っても兄は戻らんのだ。軍兵衛、おまえにも申しておく。短慮《たんりよ》に走るなよ」

「ははっ」

有馬もひれ伏した。

「若、ご公儀には正弼様はご病死ということで届けを出しておき、とにもかくにも事なきを得たいと思いまする。しかるにその一方で早急にお家を継いで貰わねばなりませぬ。今日明日とは申しませぬが、お気持ちの整理がつかれたところで、鏡山藩安堵のために、何卒《なにとぞ》」

服部が念押しする。

「わかっている。おれもそのつもりだよ。したが……」

「何か障りでも」

「障りなどない。実はおまえにまだ明かしてないのだが、おれに惚れたおなごができた」

「存じ上げております。ここへ参る途次に、道円、絹女親子に会うて参りました」

「どうであった、絹女は可愛い女であろう。あれほどのおなごはおるまい」

「いけませんな、あれは」

容赦のない服部の言い方だ。

「なんだと」

「あれは国を滅ぼすおなごにござりまする」

服部がズバリと言った。

虎之助は胸に針でも刺されたような気持ちになり、

「これ、庄左衛門、おまえの言葉とも思えんぞ。絹女のどこが悪い。あれは気立てがよくてやさしい気性で、おれは初めて目を開かされたのだ。明日から絹女のことをもそっとよく見てくれ」

服部が百歩譲って、

「そう致しましょう。それがしの目に狂いがございましたら、ご容赦下さりませ」

「うむ、うむ、それでよい」

「しかし若がどんなにお気に入られても、絹女殿を正室にするわけには参りませぬぞ。ご親戚筋が黙ってはおりますまい」

「そうか、やはりいかんか。まっ、それも仕方ないな。絹女は側室でいいよ」

「おなごの話など、二の次に致しましょう。正弼様亡き後、若には鏡山藩立て直しに奔走《ほんそう》なされて頂かねばなりませぬ。ご先代様からの借財も嵩《かさ》んでおりますれば、この難所をなんとか乗り切って下されよ」

「それは当然のことだ。それについては、道円がおれにいろいろと政治向きのことを指南してくれている」

「あの儒者が？」

服部が表情を引き締めて、

「たとえばそれはどのような指南でございますかな」

「道円にはまず藩の専売制を増やせと言われたぞ」

「ほう」

「新たに産物会所を設け、領内生産者より仲買人仲間を通し、絹の買い占めと、市を立てて売買をうながした方がよい。さらに絹や紬《つむぎ》だけでなく、当地特産の杏仁《きょうにん》、甘草《かんぞう》も専売制にした方が儲《もう》かるとも言われた。さらには飛び地領の石高をもっと増やすべきだとも申しておったな」

「さすれば藩財政は救われると、言われたのですな」

「そうだ。道円め、まだ当地に来て日が浅いと申すに、よくぞそこまで調べたと感心したものだ」

そこで有馬が杞憂《きゆう》を浮かべて、

「若、そのこと、それがしも仄聞《そくぶん》致しましたが、道円殿は冥加金《みようがきん》の徴収も強化しろとの仰せでしたな」

「ああ、あまりよくない言い方だが、領内で上がる産物の利益を藩がことごとく吸い上げることになるようだ」

「それはちと締めつけが厳しくはございませぬかな。他藩でも産物会所の設置はよく失敗の話を聞きまする。余計な費用がかかるからだと思われまするが。それによって、却《かえ》って借財が増した所もあるとか」

有馬が食い下がる。

だがそうして反対をされても、虎之助はそれを言下《げんか》に一蹴《いっしゅう》するようなことはせず、

「軍兵衛、それは少し話を詰めようではないか。他藩の失敗を手本にしてよく検討するのだよ」

「はっ」

服部が満悦の表情になり、

「若、いつの間にそのようにご成長なされましたか。専売制の話はともかく、若のその前向きのお姿は、正弼様もさぞやご満足しておられましょうぞ」

虎之助の前を退くや、服部は寝所とはうって変わった不機嫌な様子で、有馬を叱りつけるようにして、

「おい、軍兵衛、道円親子など、どうして城に入れた」

「こっちを責められても迷惑だぞ。若が勝手にやったことだ。わしは知らん」

「それで済むと思うのか、このうつけ。中老は国家老の立場ではないか、愚か者めが」

あしざまに言われ、有馬は憤然となって、

「き、貴様、よくもそんな言いたいことをこのわしに」

「いや、待て」

「なんだ」

「妙だとは思わぬか。道円は正弼様が亡くなられる前から虎之助君に改革の指南をしていた。まるでご主君が亡き者になるのを見越していたようではないか」

「それはちとうがち過ぎであろう。道円に他意はあるまいて。たまたまだよ」

「女を近づけさせて若に取り入り、そして道円共々ふところに入り込む。若の世間知らずをよいことに、当家を蝕《むしば》む腹ではないのか」

「おい、帰る早々、なんだ。おまえは殿とのんびり江戸暮らしを楽しんでいて、わしらは国表を守っていろいろと大変だったんだぞ」

「ほざくな。ご主君を暗殺されたことを忘るるでない。これはこのままではとても済まぬ気がする。敵の魔の手は本丸にかかっているのやも知れん」

「考え過ぎだよ、庄左衛門。お主はどうしてそう疑り深いのだ」

「そこを今は亡きご先君がお目に留められ、わしは家老職にのし上がることができた。ご先君は人を見る目があったのだ」

「ふん、また自慢話か」

「よいか、うつけ、外敵には敏感過ぎるということはない。あらゆる有象無象《うぞうむぞう》が当家を狙って押し寄せて来ると思え。取り越し苦労であらばそれはそれでよいのだ。危惧《きぐ》したことが、あとで取るに足らぬこととして笑い話になるならそれは重畳《ちょうじょう》、何よりではないか」

硬骨漢《こうこつかん》の面目躍如《めんもくやくじょ》として、服部が言い放った。

服部を十分に認めてはいるものの、うつけうつけを連発され、有馬はくそ面白くもない顔で唇をひん曲げている。

六

薊はすでに下諏訪の地にあって、色四郎から鏡山藩津山家に関する報告を受けていた。

そこは鏡山城に近い湯治場で、湯宿二階の一室からは遥かに諏訪湖が望まれ、湖面に明るい陽光がキラキラと降り注ぎ、水鳥の戯《たわむ》れが見えている。

長話なので、色四郎は講釈師よろしく渋茶を啜りながら、

「そもそもですな、津山家の藩祖は戦国大名として名を馳せ、織田信長《おだのぶなが》公に目をかけられたのち、豊太閤《ほうたいこう》の恩顧を賜《たまわ》ることになったのです。しかるに文禄《ぶんろく》の役、慶長の役までは豊臣方に従軍して闘ったのですが、関ヶ原の役にてかの石田三成《いしだみつなり》公と衝突してしまい、徳川方に恭順致したのですよ」

薊は口を挟まずに聞いている。

「そのあたりが武将としての運命の岐《わか》れ路《みち》ですな。やがて豊臣方が滅びて徳川の天下となり、藩祖は外様のままで当地に領地を与えられ、代々今日までできております。領地は諏訪一帯に筑摩、伊那《いな》を併せ持ち、さらに美濃多治見、越中黒部、越後三条の近隣諸国に飛び地領をも領有しておるのです」

「内証は裕福のようですね」

「はい、三万七千石の実高よりももっとありそうですな」

「虎之助君の評判はどうなのですか」

「上州で聞いたのとおなじで、亡くなられた正弼君共々、国元でも悪く言う人はお

りません。虎之助君は天衣無縫《てんいむほう》に育ったらしく、まさに若君そのもので人を疑ることを知らず、何事も率直で飾らないお人柄だそうで」

「そのような御方が悲運に見舞われてはなりませんね」

「そう思います」

薊が茶のお代りを注いでやると、色四郎は「恐縮です」と言ってこれを口にし、

「これまで家中に騒動はなく、領民も暴動などを興《おこ》したこともありません。ですから他藩に比べて鏡山藩は実に安寧《あんねい》なのですよ。つまりは政治がよいのですな。その安寧を突き崩す必要がどこにありましょう。何はともあれ奸賊《かんぞく》どもを一掃することが急務かと」

薊が同感でうなずく。

そこへ界隈《かいわい》の聞き込みに行っていた萩丸と菊丸が、血相変えて戻って来た。

「薊様、大変なことがわかりました」

まずは萩丸が口を切り、

「遂に道円を見つけたのです」

薊と色四郎が鋭く見交わし合った。

「道円は以前に聞いた名の通りに尼子道円と名乗り、鏡山藩に儒学師範として召し

抱えられておりました」

　薊が表情をひきつらせ、

「ということは、正弼君不在のうちに、道円は虎之助君に取り入ったのですね」

　その問いには、菊丸が答えて、

「虎之助君がここの湯治場で遊ぶうち、絹女と名乗る娘と知り合いまして、それで深い仲になられたそうなのです。そこへ父親として道円が現れ、親子二人して虎之助君を籠絡《ろうらく》したものと」

「それは親子などではありますまい」

　薊はそう断じておき、一点を凝視して、

「すでに毒蜘蛛《ぐも》は糸を張りめぐらせていたのですね。その糸、破らねばなりません」

　色四郎が身を乗り出し、

「薊様、それは至難の業かも知れませんぞ。恐らく村雲流の〝草《くさ》〟どもがこの地に根を下ろしておりましょう。それが家の子郎党のなかにいるのか、土地の人間になりすましているか、知れたものではありません。またその数もわからず、あるいはわれらの周りは敵だらけということも考えられます」

〝草〟というものは忍びがかならず使う手のひとつで、狙いをつけたその土地にあらかじめ仲間、乃至《ないし》は手下を送り込み、何食わぬ顔をして生活をさせ、一朝事《いっちょうこと》あらば有力な情報源とするものである。それは数日前か、数カ月前か、あるいは数年か、または何代か昔に遡《さかのぼ》る場合もあり、すっかりその地に同化して暮らす〝草〟はなかなか見分けられず、困難を極めるのである。

その土地の女を娶《めと》り、子を生《な》し、稼業を持って馴れ親しんで生活しているから、家族も亭主の正体を知らず、周りもまさかあの人がと思うのだ。ゆえに伏兵としてこれほど不気味な存在はなかった。

薊が色四郎へ覚悟の目でうなずき、

「承知の上ですよ、色四郎。されどわれらの目とて節穴ではありません。かならずや彼奴《きゃっ》らを探し出し、闇の制裁を加えてやりましょう」

と言ったあと、

「その前に、われらの味方になり得る人物を探さねばなりませんね」

その時の薊は、すでに戦闘に立ち向かうくノ一の顔になっていた。

七

主君正弼の葬儀を明日に控えたその夜、城内書院では虎之助、服部庄左衛門、有馬軍兵衛が今後の藩政に対する協議を行っていた。

道円の影響を受け、藩専売制を強く主張する虎之助を、服部は懸命に説得しようとしている。

「若、よろしいですか。いずこの藩も財政困難な折、当家はこれまで比較的余裕があり、また飛び地領などからの上がりもあって、どうにかこうにかやって参りました。それは正弼様が領内の支配や知行《ちぎょう》の仕組みをご整備なされ、藩体制を揺るぎのないものにしたからなのです。しかしそれでも御用商人には累積した二万両もの借金がござり、決して安穏とは申せぬ状態なのです」

「そこだ、庄左衛門、だからわたしは専売制の強化を図りたいのだ。会所を設ければ絹や紬でもっと儲かるはずではないか」

「若、それは道円殿の受け売りでござろう」

「いや、本当にそう思うのだ。わかってくれんか」

服部が唇を引き結んで黙り込むと、虎之助は有馬に活路を見出《みいだ》そうと、

「これ、軍兵衛、その方はどう思う。腹蔵なく言ってくれ」

有馬も服部とおなじ渋面になって、

「何度も申しまするが、やはり専売制には手を出さぬ方が賢明かと思いますな。それよりそれがしは、畑直しなどにもっと力を入れた方がよろしいかと思うのですが」

畑直しとは水田を増やすという意味だ。

おのれの説が通らぬので、さすがの虎之助もつむじを曲げ、唸り声を上げた。

「それより若、越後大名の春日藩《かすが》の名に憶えはござりませぬかな」

不意に服部が話題を変えたので、虎之助は面食らって、

「春日藩だと？　いや、知らんな。その春日藩がどうしたというのだ」

「そこの朱姫《あけひめ》様を存知よりでは？」

「はて、会ったこともないぞ」

「いいや、お会いしているのです。寛永寺《かんえいじ》の茶会でお二人はお出会いになられ、若が些細《ささい》なことで姫にご説教をなされたとか」

虎之助が膝を叩き、

「ああ、それなら憶えている。見ず知らずのくせにわたしの茶の作法が乱暴だと文句を言うから、武士の沽券《こけん》に関わることに口を出すなと叱ってやった。そうしたらあの姫は、生まれてこの方叱られたことがないらしく、急にしおらしくなりおった。あれは愉快であったな。確か去年の春のことであろう」

思い出して虎之助が破顔した。

手応えをつかみ、服部は得たりとうなずいて、

「その朱姫様が若との縁組を希《のぞ》んでおられるのです」

「な、なんと……」

虎之助がポカンと口を開け、俄《にわか》に狼狽を始めた。

「春日藩との縁組には正弼様も大層乗り気になられ、そもそもそれを若にお知らせするため、こたびの急な帰参になったのです。それがこんなことになるとは……」

服部が言葉を詰まらせると、有馬が膝を進めて、

「若、結構なお話ではござりませぬか。正弼様のお気持ちも継がれて、ご承知なされてはいかがですかな」

「よせよ、そんな急な話、すぐにはなんとも言えんよ。困ったな。どうしよう……」

「若、あちらは当家より一万三千石多い五万石なのです。ゆめゆめ悪い話ではございませぬぞ」

服部が言い、思い悩む虎之助を残して有馬をうながし、書院を出た。

「おい、今の話、本当なのか。なぜわしだけにもっと早く言わん。水臭いではないか。このうつけが」

有馬の文句に、服部は表情に笑みを含ませながら、

「うるさい。葬儀が無事に済んだらわしはこの話を進めようと思う。異存はないな」

「あるわけがないだろう」

「そのためには、あの親子を追い出さねばならん」

服部が中天を睨み、道円親子への敵意を剥き出しにした。

八

そうして服部がその日城門を出たのは、夜更けて亥《い》の刻（十時）を過ぎていた。

家老屋敷は城下外れにあり、城からさしたる距離ではなかったが、ご家老に何か

あってはと、十文字右京、門倉長三郎、岩城宇太夫の三人が送ってくれた。

十文字はともかくとして、門倉と岩城は武芸で鍛えた猛者《もさ》である。主君の暗殺という衝撃は藩士たちによほど深い恐怖心を植えつけたようだった。若党の東新六が一行の先に立ち、提灯で足許を照らしている。

「ご家老、この先たとえどんなことがござろうが、若とご家老だけはわれらが護りまするぞ。心丈夫でいて下されよ」

いつも青白い顔をして細身の十文字が言うと、服部は嬉しそうな笑みになり、

「うむ、頼もしい限りであるな。しかしその方、剣の腕前は少しは上達したのか」

「はっ、ご家老が留守の間にようやく富田流《とだりゅう》を会得《えとく》致しました。もう大丈夫でござる」

富田流剣術は鏡山藩のお家芸であった。

それを聞いた門倉がごつい顔で失笑し、

「ご家老、右京に頼るのはおよしなされ。何せこ奴は師範のお嬢さんを娶《めと》っているのですからな、会得したと申しても師範も義理の伜《せがれ》には甘いものと」

すると岩城も大柄な躰《からだ》を愉快そうに揺すって、

「左様、おれと門倉に言わせれば、こいつの剣の腕はまだまだでござるよ」

「それなら明日立ち合うか」

十文字が喧嘩腰になって言うと、それを服部が制して、

「よせ、明日は大事な葬儀ではないか」

それを言われると三人はうろたえ、おとなしくなった。

「ところで、新六」

不意に服部に話しかけられ、新六がドギマギとした顔をふり返らせた。

「ほかならぬ絹女のことだ」

「へい」

「あれはおまえが引き合わせたそうではないか」

新六は動揺して提灯の灯を揺らせ、

「いえ、そんな、引き合わせたなんて……湯治のお供に参りまして、あんまりきれいな人がいたものですから、それを若にお知らせしただけなんでございますよ。あとはもう、若がひと目惚れをしてしまいまして」

「いらざることをしたものだな、おまえも」

「い、いけなかったでしょうか」

「うむ、まあな、今となってはどうにもならんことだが……」

それで服部の絹女への気持ちがわかり、皆が押し黙った。

屋敷が近づいてくると新六が門扉《もんぴ》を叩き、やがて下僕が開門をしたので、そこで服部は一同に礼を言って帰邸した。

服部の家族は妻と元服を終えた倅が二人いて、その三人が式台の前に畏まって主を迎え入れた。主に向かい、硬い口調で口々に挨拶をする。

夫であり父である主が重責を担っていて、今の藩の状態もよくわかっているから、余計なことを言う家族は一人もおらず、服部は重い口を開かぬままに居室へ向かった。

妻女は着替えを手伝うとすぐに身をひるがえし、酒の支度を整えて戻って来ると、「お疲れ様でございました」と言って労をねぎらった。しかし服部の方から格別の言葉がないので、そのまま引き退った。日頃より寡黙《かもく》な夫婦なのである。といって疎遠というのでもなく、冷めているわけでもなかった。総じて武家の家庭というものはこういうもので、つまりは謹厳実直なのだ。特に服部は厳格ゆえに、これがごくふつうの日常であった。

ふうっ、と太い溜息をつき、服部が手酌《てじゃく》で寝酒をやり始めた。

耳の痛くなるほどの静寂が辺りに満ちていて、そこで黙然《もくぜん》と酒を飲むうち、服部は我慢のならないような思いに囚《とら》われてきた。酒で一日の疲れを癒《いや》すはずが、暗い酒になってきた。

あの道円親子も葬儀に参列するのかと思うと、不快でたまらず、何やら胃の腑《ふ》が痛くなるような感がした。

（なんとか差し止めねば……）

と思った。

そのことはともかくとして、この先どうやって虎之助君を説得して親子を追い出そうかと、その思案ばかりが胸のなかで渦巻いた。二人が居座っている限り、喉に骨の刺さったような嫌な気分は消えない。それに春日藩との大事な縁組もあった。五万石の花嫁御寮《ごりょう》が来る前に城内を爽やかなものにしたかった。

服部の目から見たら、道円親子は果てしなくうさん臭いのである。

「まったくもって……」

つぶやきながら庭に面した障子を開けようと、席を立った。その宵は蒸し暑かったのだ。

そして障子を開けたとたん、服部はあんぐり口を開け、カッと目を見開いた。縁先に夜目にも美しい娘が畏まっているではないか。

黒小袖の地味な姿ながら、薊の窈窕《ようちょう》たる美貌は隠しようがないのである。

(こ奴、尋常な娘ではないな)

とっさにそう思った。

そこで服部は慌てはしなかったが、警戒の色を見せて退き、刀架けから大刀をつかみ取って来て、大声は出さぬままに、

「何奴じゃ」

今にも抜刀しそうな気魄で言った。

だが薊はそれに動じる様子もなく、

「突然の闖入《ちんにゅう》、お許し下さりませ」

面を伏せたままで言った。

「何奴かと聞いておる」

「はっ」

「正体は狐狸《こり》の類《たぐい》か」

目に皮肉を浮かべて服部が言った。

「そう思うて頂いても構いませぬが」

「黙れ、戯《ざ》れ言《ごと》など聞く耳持たぬ」

「身分も名も明かすほどの者ではございません。されど鏡山藩の明日を案じ、こうして馳せ参じました」

「呼んだ覚えはないぞ」

「わたくしの意思にございますれば」

「どこの馬の骨とも知れぬ身が、当家に余計な嘴《くちばし》を入れようとでも申すか」

「はっ、有体《ありてい》に申せば」

薊が目を上げ、服部と視線を合わせて、

「いかに」

「断る。その方、娘の分際で面妖であるな。そのような得体の知れぬ者にこのわしが心を開くと思うてか。当家の心配は無用、早々に立ち去れ」

「相わかりました」

拒絶する服部に、薊があっさり言って闇に身を引いた。

服部は狐につままれたような思いで見送っていたが、それ以上の追及をやめて部屋に籠もった。

屋敷を抜けて夜道を進みながら、薊は満足気な表情になっていた。

鏡山藩に心ある人はいないものかと調べた結果、家老の服部庄左衛門がよき人物であるとの情報を得て、こうして夜討をかけてみたのだ。

薊の言葉にすぐにとびつくか、耳を貸そうとでもするか、そんなた易《やす》く尻尾《しっぽ》をふるような男だったら信用はできないと思っていた。

それがあの硬骨漢ぶりはどうであろう。

あれはおのれの節を曲げない男であり、常に正論と自負をもって生きているのだ。痩せ細ったあの老体のどこにそのような気骨があるのか知れないが、あれこそ太平楽な元禄の世には珍しい真の古武士なのだ。そうして十分に味方になり得る男と見込んだものの、服部の心を開かせるのは難しいと思った。

しかしああいう人物がいるのなら虎之助君も守られると踏んだが、敵はほかならぬ村雲流なのである。

(あの御方の命もいずれは狙われるやも知れぬ)

薊は危惧を抱いた。

九

夜の明けぬうちに伊那郡の栗田村《くりたむら》を出て、歩きづめに歩いて昼には諏訪郡へ入り、塩尻峠の麓《ふもと》に辿《たど》り着いた。

そこでお福《ふく》は「ほうっ」と思わず安堵の声を漏らした。峠さえ越えればもう下諏訪なのである。

三日前、鏡山藩の中老有馬軍兵衛から下働きを一人雇いたいとのお達しがあり、名主の孫兵衛《まごべえ》が村娘の人選を始めたと耳にした。

お福の実家は水呑み百姓で、親兄弟共に大勢で暮らしているから、毎日息が詰まりそうだった。お城勤めなどは夢のまた夢だと思っていたので、お福は名主に無理に頼み込んで夢を叶《かな》えて貰うことにした。幸い名主の覚えは悪くなかったから、奉公の話はすんなりと決まり、こうして日常道具を大風呂敷に詰めて背負い、五里ほどの道のりをやって来たのである。

峠の茶屋でひと休みすることにし、老爺《ろうや》に二文の茶代を払って床几《しょうぎ》にかけた。竹皮包みの弁当を開き、そこで稗《ひえ》や粟《あわ》の混ざった握り飯にかぶりついた。昨夜のうちに母親が作ってくれたものだ。しかしそれも里の最後の味だと思った。お城ではもっとうまいものが食べられるはずだった。

一つめを平らげ、二つめに手を伸ばしたところで、いつの間に来たのか背中合わせに座った旅の小商人風が不意に話しかけてきた。

「代ってくれないかねえ」

この人は何を言いだすのかと、お福は豆狸《まめだぬき》のような顔に警戒の色を浮かべ、目を瞬《しばたた》かせて「はあ？」と問い返した。

小商人に化けた色四郎はもの馴れた様子を見せて、

「あんたの奉公先の話だよ」

「えっ、な、何を言ってるだね。見ず知らずのおまえさんがどうしてそんな話を知っていなさるだ」

「実はあたしにも娘がいてね、お城奉公を希んでいるのさ。それで今度のあんたの話を風の噂に聞いて、ずっと後を追って来たんだ。うらやましいったらないよ」

確かにその話はかなり広まっていたはずだから、お福は色四郎の言葉を疑わずに、

「冗談でねえ、とんでもねえだよ。この話ばかりは譲れねえ。おらもお城奉公が夢だっただに」

「これでどうかね」

色四郎が金包みを取り出し、それをすばやくお福に握らせた。

お福はそれを手にするや、じっとりと冷や汗の出る思いがした。これは生まれてまだ見たこともない小判というものではないのか。

「まっ、お城勤めをして一年分くらいの額かな。なけなしをハタいて持ってきたんだよ。わかってくれないか。あたしゃそれほどに娘の夢を叶えてやりたいのさ」

「……………」

お福は胸の高鳴りが抑えられない。

こんなまとまった金があれば家族みんなで腹一杯ご馳走が食べられるし、雨漏りのする家の修繕もできるというものだ。自分のよそ行きの着物も買えるし、ふた親や兄弟たちに不足しているものを調達してやれる。それに何より、家族のなかで当分は大きな顔をしていられるではないか。

お福が小判を突っ返さず、考え込んでいると、色四郎がやさしげな声で追いうちをかけた。

「悩むことはないだろう、だったらそれにもう少し色をつけようじゃないか」

さらに二分銀をお福につかませた。

こういう出費もこたびはすべて持ち出しだから、色四郎は顔で笑って心で泣いていた。

それでお福がころっと金に転ぶと、色四郎はすかさず言ったものだ。

「名主さんからの添え状があるだろう。それも一緒に買い取らせてくれないかね」

十

日向守正弼の死は病死ということで触れが廻り、その日下諏訪の城下は喪に服した。

大木戸や家々の戸は閉じられ、あらゆる飲食の店は商いをやめ、旅人の出入りも控えさせたから、それで下諏訪一帯は時も人も止まったようになった。

葬儀は初め奥殿で執り行われ、家中一同が参列した。読経と訣《わか》れが済むと、遺骸は城下外れの菩提寺《ぼだいじ》に運ばれることになっている。

尼子道円と絹女が参列するための身支度をしていると、中老の有馬軍兵衛が駆けつけて来た。白装束《しろしょうぞく》を着ているが、この頃の喪服は黒ではないのである。

「道円殿、葬儀に出座するに及ばず。ご遠慮願おう」

有馬が肩を尖らせるようにして言った。

「はっ……」

道円は絶句し、絹女は青筋を立てた。

「それは虎之助君のご意思でございますか」

「いや、家中一同の意見だ。よいな」

返事を待たず、有馬が立ち去ろうとした。

「お待ち下さい、有馬様。わたくしがお願いした下働きの者はどうなりましたか」

絹女が言った。

「すでに村に触れを出しておる。追っつけ参るであろうぞ」

有馬が逃げるように去った。

道円は何も言わずに絹女と見交わし、腹立たしげに衣服を脱ぎ捨てた。

「恐らくこれは、ご家老の差し金かと」

絹女が怯えたような声で言うと、道円はふてぶてしい笑みになり、

「われらが葬儀に出る出ないはさしたることではない。また衆目に晒《さら》されることを思えば気は楽だ」

儒者の身装に戻り、道円が外出しようとした。

「どちらへ」

絹女が呼び止めた。

「湖だ。左宮《さきゅう》殿が来ている。つなぎがあったのだ」

言い捨て、道円は庭から出て行った。

絹女も着替えを終え、喪服を畳んでいるところへ、廊下をやって来た虎之助が戸口から顔だけ出した。彼もまた白装束である。

「絹女、すまんの」

葬儀への出座を差し止めたことを詫びている。

絹女は顔を向けず、背を向けたままで、

「このお家は、若殿よりご家老様の方がお偉いのですね」

嫌味を言った。

有馬が伝えにきたことは、服部の差し金と絹女は看破していた。

「すねているのか」

「ないがしろにされた思いにございます。わたくしと若の仲を、ご家中ではお認めになりたくないのでしょうか」

「腹立たしいかも知れんが、これから地歩《ちほ》を固めればよかろう」

それだけ言って、虎之助は去った。

(これから地歩を……)

虎之助の言葉を反芻《はんすう》し、絹女の頬に謎めいた笑みが浮かんだ。

そこへ庭先から若党の東新六が現れた。

「絹女様、これなる者が参っておりますが」

縁先に寄り、栗田村名主からの添え状を差し出した。

絹女が寄ってそれを手にし、目を通す。

「どこに来ていますか」

「連れて参ります」

新六が庭先を出て、やがて一人の百姓娘を連れて来た。それは菊丸の化身で、大きな風呂敷包みを背負った姿はお福とおなじだ。

「栗田村の福であるな」

高飛車《たかびしゃ》な口調で絹女が言った。

「左様でございます」

すっかりお福になりすまし、菊丸が抑揚のない声で答えた。ひっつめ髪にして、日に焼けたような顔に作っている。

「ふた親、兄弟の名を申せ」

それらお福の家族構成は添え状に書いてあるのだが、絹女は疑ってでもいるのか確認するように尋ねる。

「お父っつぁんは権六です。おっ母さんは民と申します。兄弟は全部で五人おりまして、上から貞吉、斧次、あたしに六助、一番下が女で松でございます。ちなみに名主様は孫兵衛様です」

諳《そらん》じている名を菊丸が列挙した。

「おまえの歳は」

「今年で十九になります」

「相わかった。仕事は何くれとなくわたくしの身の周りの世話を焼くことじゃ。よいな」

「よろしくお願い致します」

それから菊丸は絹女の部屋から少し離れた小部屋を与えられ、そこに落ち着いた。御殿用の木綿の粗衣も与えられ、そうして菊丸は絹女のそば近くに仕え、その動静に耳目を尖らせることになったのである。

絹女は大輪の花のような美貌だが、その肉体からは猛毒が発せられている感がし、さらに目つきも鋭く刺《とげ》があり、なかなかあなどれない女だと思った。その絹女に世間知らずの虎之助は籠絡されたのだ。おなじくノ一として、世の中にはこんなくノ一もいるのかと、菊丸は目を開かされる思いがした。

そうして菊丸が小部屋で荷を解いている頃、庭先に再び新六が姿を現し、そっと絹女を手招いた。

絹女が縁から庭下駄を突っかけてそこへ行くと、新六が囁いた。

「絹女様、あの娘は偽者でございますぞ」

絹女の表情が変った。

「念のために栗田村まで行って調べておいたのですから間違いありません。本物のお福はもっと不細工ですよ。たぶん金で転んだのでしょうな」

この新六は村雲流の〝草〟なのである。

「わかった、行け」

絹女の指図で、新六は消え去った。

菊丸が馴れぬ様子で茶を運んで来た。

絹女は一変して艶やかな表情になり、そっちへ戻って縁に腰を下ろすと、

「お福とやら」

「はい」

「仲良くやりましょうな」

「は、はい、あたしの方こそ、不束者《ふつつかもの》でございますが……」

ねっとりとした絹女の視線に抗しきれず、菊丸は思わず目を伏せた。

(負けそうだわ)

心中ひそかにそう思った。

その菊丸を目の端で捉えながら、絹女の方は臈《ろう》たけた女狐のようなうす笑いを浮かべている。外面はどのように美しくとも、この女の内面は夜叉なのである。

十一

萩丸もまた百姓の身装になり、近在の村娘が葬儀の手伝いに来ているようにふるまいながら、城中でどさくさ紛れに働いていた。

手伝いに来ている人の範囲が広いから、誰もそんな萩丸を怪しむ者はいなかった。

酒や飯の支度で大わらわの勝手場で、萩丸がふっと外を見ると、石垣沿いに尼子道円が悠然と歩いて行くのが目に入った。その顔はすでに家中の小者に教えられ、目に焼きつかせていた。

道円は十徳《じっとく》を着て脇差をひとふり差し、茶筅髷に肉厚の顔は大きく、眼光はあくまで鋭く、高く折れ曲がった鉤鼻《かぎばな》はまるで異人のような灰汁《あく》の強さである。

膳をうっちゃってとび出しかかると、年嵩《としかさ》の中年女に怒鳴られた。

「あんた、今出ちゃ駄目だって。お柩《ひつぎ》が菩提寺へ行くんでそこをお通りになられるだに」

女もやはり近在の百姓のようだ。

足止めをくらって萩丸はやむなく退き、女の目を盗みながらほかの出口を探し、一方からパッととび出した。

さっき道円の歩いていた所へ来ると、折悪しく葬列がやって来るのが見えた。

「あっ」

なんてツイてないのかと思った。

そこで動けなくなり、萩丸は仕方なくその場に畏まった。

白装束の一団が粛然《しゅくぜん》と通って行く。

虎之助、服部、有馬、十文字、門倉、岩城ら、そしてしんがりに新六の姿もある。

葬列をジッと我慢してやり過ごし、ようやく萩丸が駆けだすと、だがすでに道円の姿はどこにもなかった。さらに足を伸ばし、城の外へ出てもおなじだった。

そこへ菅笠《すげがさ》で面体を隠した薊がそっと寄って来た。

「どうしましたか」

声を発さず、唇だけを動かして薊が言う。

萩丸は気が気でない顔になって、

「道円の姿を見かけたのです。彼奴は葬儀に参列を許して貰えず、御殿に籠もっていたはずでした」

薊が鋭い反応になった。

「探しましょう」

「はい」

ふた手に分かれ、薊と萩丸が散った。

十二

城下が喪に服している頃、凪《な》いで静かな湖面に一艘《いっそう》の屋根船が漂っていた。

船頭姿で棹《さお》を休めているのは雛蔵で、その傍らに蠟女がうずくまるようにしている。

障子を閉め切った船室には酒肴《しゅこう》の膳が整えられ、三人の男が向き合っていた。道円と浪人姿の小十郎、そしてもう一人は赤堀左宮《あかぼりさきゅう》という二十半ばの公家侍《くげざむらい》である。

公家侍とひと口にいってもその階級は様々で、赤堀は京官という官職にあり、そのなかの刑部省《ぎょうぶ》に属している。京においては公事《くじ》を扱い、囚獄《しゅうごく》や罪人の仕置を司る役目だから、江戸の町奉行所でいえば同心格にあたる。

ゆえにさして身分は高くないのだが、そこはやはり都人《みやこびと》だけあって、雅《みやび》な雰囲気を身につけ、江戸の同心よりは品よく見える。また怜悧《れいり》なその顔立ちは、余人に隙を与えないのである。

京においては直衣《のうし》を着て烏帽子《えぼし》を被り、糸巻の太刀など携えているが、こんな所でそのような装束では人目に立つから、赤堀は兜巾《ときん》を頭に置いた修験者《しゅげんしゃ》の身装になっている。

その赤堀が薄く酷薄そうな唇をすぼめるようにし、クイッと盃を干すと、

「中納言《ちゅうなごん》様は今か今かと首を長くして待っておられる。どうなっておるのだ、鏡山藩は」

ここには居ない中納言の名が出て、道円は襟を正すようにして、

「鏡山藩の財政は逼迫しておらず、羽衣藩の時のように外部の者を必要としてはおらんのです。そこへ取り入るのはひと苦労でございましたぞ」

「そんなことを聞いているのではない。羽衣藩は中納言様が介添えをしたが、ここはおまえたちの腕の見せ所ではないか」

道円が苦渋を見せつつうなずいて、

「わかっておりますとも、赤堀様。今暫くのご猶予を下されよ」

すると赤堀は何かを思い出し、気難しい表情になって、

「もはや過ぎたことだが、羽衣藩の勘定方《かんじょうがた》の三人を手に掛けたのはマズかったぞ。今度はああいうことをするでない」

すると小十郎が口を挟んで、

「奴らがわれらを誹謗《ひぼう》したので腹に据えかねたのでござるよ。なに、表立っては咎められませんでした。一人は物見《ものみ》の屋根から転げ落ちて首の骨を折り、次いで川に落ちて溺れ死に、残る一人は……ふふふ、女の腹の上でポックリ逝《い》きおった。確かにすべてわれらが所業ではござるが、されど上手《じょうず》の手から水は漏れておりませんぞ」

赤堀は苦々しい表情のままで、

「まっ、それはそれとして、羽衣藩の藩主光仲に奥方のよがり声を聞かせたのはどういう手妻を使ったのだ。それをな、常々不思議に思っていたのだよ」

「あれはこ奴の仕業でござる」

そう言って道円は蠟女を呼びよせ、蠟女が船室に入って来て畏まると、

「この女は千変万化の声を出す名人でござっての、誰もが惑わされます」

やってみよと道円に言われ、蠟女がそこで奥方のよがり声を漏らし始めた。

「あっ……よいっ……ああっ、ああっ……」

その場に崩れて太腿《ふともも》も露《あらわ》に身悶え、みずからたわわな乳房を揉みしだき、蠟女が迫真の演技をする。

それを見ていた赤堀は尋常でなくなり、酒のせいもあって、淫らな視線を蠟女の肢体に這わせている。

「もうよい、行け」

道円に表をコナされ、蠟女は「失礼を致しました」と言って赤堀に頭を下げ、再び船室の外へ出た。

赤堀が何事もなかった顔で、

「なるほど、あれで光仲は狂わされたのか」

ひとりごち、得心をして、

「道円、鏡山藩を取り潰すに何か障りでもあるのか」

「まっ、障りと申すほどではないのですが、家老の服部庄左衛門なる者がわれらの前に立ちはだかり、強硬に拒んでおりましてな、ちとやり難いのです」

「そんな者は抹殺すればよかろう」

「むろんそのつもりです。今は機を見ておるのですよ」

「虎之助の籠絡が足らんのではないのか。骨抜きにしてしまえ。絹女にもっと腕によりをかけさせるのだ」

「はっ」

そこで赤堀は色欲に満ちた目つきになり、

「では今の女だけ残し、おまえたちは消えるがよい」

「はっ？」

道円が問い返すが、赤堀が黙っているので小十郎と見交わし合い、

「そういうことでござるか」

「構わんか」

赤堀はうすら笑いだ。

「はい、一向に。下忍のくノ一など、道具に過ぎませぬゆえ」

道円が小十郎をうながし、船室から出た。

それと入れ代りに、蠟女が入って来た。

「そこへ直れ」

赤堀が高圧的に言った。

だが蠟女は身を硬くし、押し黙っている。

「どうした、わしの言うことがわからぬか」

「い、いえ、そんなことは……」

蠟女が青褪めた顔で言い、やがて覚悟を決めると、緩慢な動作で着物を脱ぎ始めた。

それに赤堀が苛立《いらだ》って、

「ええい、何をしている。さっさと肌を晒すのだ」

「お許し下さいませ」

「ならん」

抗《あらが》う蠟女を引き据え、赤堀は身ぐるみ剝《は》いで裸にすると、家畜でも押さえつけるようにして乱暴にのしかかった。

しかし最前の演技とは違って、蠟女は嫌がって泣き叫んでいる。それはひそかに愛する雛蔵が外にいるからで、いかに下忍とはいってもこれほどの辱《はずかし》めはないのである。だから死んだ方がましだと蠟女は思っていた。

赤堀は蠟女を四つん這いにさせ、後ろから媾《まぐわ》い始めた。公家侍とは思えぬ隆々たる筋骨を律動させ、その顔は赤鬼のようだ。

棹につかまりながら、雛蔵は無表情のままで船べりにしゃがみ込んでいる。蠟女の切れぎれの悲鳴が聞こえても、石仏のようになんの感情も表さない。

そして道円と小十郎は、なぜか愉快そうな視線を絡ませ合っている。

小十郎は側近の下忍に調べさせ、雛蔵と蠟女が横川の関で他流のくノ一二人に助けられた事実を把握していた。それは明らかな裏切りなのだが、表向きは不問にしておき、忠誠を尽くしている二人をそのまま泳がせ、なりゆきを見守っていた。そういう含みがあるから、蠟女が赤堀に手込めにされようが何をされようが、こうしてひそやかで淫靡《いんび》な復讐心を満足させているのである。

第四章　朱姫《あけひめ》

一

葬送の野辺《のべ》送りが済み、日向守正弼の柩が津山家の菩提寺へ運び去られると、俄に城下が騒がしくなってきて、家々の戸が開いて人々が群れ出て来た。

菩提寺の数人の僧が城下の真ん中に立ち、四十九餅《しじゆうくもち》を配るので、人々はそれを貰うために集まりだしたのである。

四十九餅というのはこの地方の旧《ふる》くからの習俗で、大きな葬儀に限るが、葬送の当日、初七日、四十九日の三度に分けて搗《つ》きたての餅を配るものだ。それは死者の四十九日の霊魂を鎮める意味があるという。しかし餅が習い通りに四十九個しかないと奪い合いになってしまうから、実際はその数倍の量を用意するらしい。

そんな浮かれたような老若男女の流れに逆らい、薊と萩丸がやって来て町辻で出くわした。

たがいに尼子道円の行方を尋ね合うが、未だ見出せないことがわかり、そこで二人は合流することにし、まだ探ってない諏訪湖の方へ向かった。

湖を望める所まで来て、薊と萩丸は共に緊張の色になり、とっさに物陰に身を隠した。

船着場に屋根船が着岸し、三人の男が下船して来たのだ。

道円、赤堀左宮、小十郎である。

そして船頭姿の雛蔵と蠟女がいるが、二人は下船せずに三人を見送っている。

その三人が歩きだした。

道円と小十郎がおなじ穴の貉《むじな》であることはすぐにわかったが、薊の目には修験者姿の赤堀が謎だった。

三人はふた手に分かれて去って行く。

薊は萩丸に何事か囁き、薊は赤堀を、萩丸は道円と小十郎の尾行を始めた。

そうして五人が湖畔から姿を消すと、雛蔵が棹を操ってゆっくりと船を出した。

蠟女は船べりで膝を抱えてしゃがみ込んでいる。赤堀に凌辱《りょうじょく》されたあとだけに、その惚《ほう》けたような表情からは何を考えているのかわからない。

湖面を爽やかな涼風が吹き渡り、二人の頬を撫《な》でて行く。しかし雛蔵も蠟女も長いこと沈黙している。

ゆったりと棹を操る音が聞こえるだけである。

「なあ」

ややあって、雛蔵が乾いたような声で蠟女に話しかけてきた。

蠟女は無言で雛蔵を見る。

「抜けないか」

「えっ」

蠟女の表情に衝撃が走った。

「おれぁもう、つくづくと愛想が尽きたよ」

「雛蔵さん、自分の言ってることがわかっているの。抜け忍がどんな目に遭うか、今までさんざっぱら見てきてるはずだよ。八つ裂きにされてもいいのかい」

烈しい動揺を見せて蠟女が言った。

抜け忍とは忍びがその世界から逃げだすことで、捕まれば苛酷な制裁が加えられることになっている。それが掟《おきて》だった。忍びは極秘の任務が多いために、秘密の漏洩《ろうえい》を防ぐためなのである。

「ああ、覚悟の上だ」

意志的な雛蔵の声だ。

「抜けるんなら勝手に抜けなよ。あたしゃ嫌だ。だって怕《こわ》いもの、道円様も小十郎様も」

そうは言ったものの、蠟女の心は揺れていた。

「おれにゃ目当てがある。北の果ての、誰の目も届かねえ所を見つけてあるんだ。冬の間は雪ばかりだけど、そりゃいい所なんだ」

「……………」

「一緒に行かねえか、そこへ」

「……………」

「おまえとは幼馴染みだ、他人の気がしねえんだよ。そんなおまえがあんな目に遭って、おれぁもう我慢できねえ」

「あ、あんた……あたしのこと、気に留めてくれてたのかい」

「いつだっておまえのことは見ていたぜ」

「……………」

「すぐにとは言わねえ、少しずつ退いてよ、やがて消えちまうんだ。かき消すようにな」

「あたしがどうしても嫌だって言い張ったらやめるのかい」

「どうかな、わかんねえ。おれぁ一人でもいなくなるかも知れねえ。道円様の下でずっと働いてきたけど嫌な思いばかりだ。あの人は沢山の人を泣かせて、おれはもう罪のねえ人たちの血の泪を見るのがつれえのさ」

「……………」

「おまえはどう思ってるんだ、平気か」

「平気なわけないさ、あたしだっていつも地獄を覗かされてるような気分だったもの。道円様の悪党ぶりにゃへどが出るよ」

「ならおまえ、どうだ」

「その雪深い所って、そんなにいいのかい」

「ああ、いいとも。冬の長え間雪に閉ざされているけど、春になって雪解けが始まって、山里がぱあっと明るくなるとよ、泪が出るほど嬉しい気持ちになるんだ。そういう所なのさ。おれぁその昔に道円様とは違う上忍の人の仕事で、そこで一年ほど暮らしたことがある。もう大分経つけど、近頃やけにあそこが恋しく思えてならねえ」

「……」

「なあ、おれと抜けようぜ、蠟女」

「……」

「怖気《おじけ》づいちまったか」

答える代りに蠟女は船を漕ぐ雛蔵の足にひしと抱きつき、それに頰をすりつけた。怖気づくどころか歓喜の思いが突き上げてきた。この人とならどこまでだってついて行けると思った。本当は雛蔵に抜け忍を誘われた時から、すぐに心は動いていたのだ。

しかし道円たちが心底怖ろしいのも、隠しようのない事実だった。

二

下諏訪の本陣は商家、問屋筋の建ち並ぶ真ん中にあり、瓦葺《かわらぶき》で冠木門《かぶきもん》である。そこへ赤堀は威風を払った様子で入って行き、それを見た蔛は不審に見送り、本陣の裏手へ廻ってみた。

裏門の辺りは広々としていて、大きな掘り井戸があり、そこにしゃがみ込んだ本陣の女中らしい娘が、桶《おけ》のなかで幾つもの椀を洗っていた。

蓟は菅笠に杖を突いた町娘の旅姿だから、ごく自然な様子で近づいて行くと、

「あのう、ちょっとお尋ねしますが」

女中が驚きの目を向けた。よく見ると娘はへちまのような長い顔つきをしている。

「今、表を通ってましたら、修験者のような人がここへ入って行きましたけど、あれはどういう人なんですか。本陣というのはご身分のある人しか泊まれないはずですよね」

「ああ、羽黒坊《はぐろぼう》さんのことだね」

「羽黒坊さんというんですか」

恐らく偽名だと思ったが、余計な疑念を差し挟まずに蓟が問い返した。

「そう名乗ってるけど、本当の名めえは知らねえだよ。羽黒坊さんはここへ来た時は立派なおさむれえの姿だったんだ。でもご城下へ出る時はいつも修験者の恰好になるだ。世を忍ぶ仮の姿だっておらたちに言っていたな」

「いつからここに？」

「四、五日めえかなあ。旦那様にはしかるべきご身分を言ってるんだろうけど、あ

の人はおらたちには羽黒坊さんで通してるだよ」

旦那さんとは本陣の主のことで、田畑や山林の持ち主であり、苗字帯刀《みようじたいとう》を許された土地の名望家である。

しかしそんな人に羽黒坊のことを聞くわけにはゆかず、また言うはずもないから、薊としてはこの女中の言葉が頼りである。

「どんな人なのかしら、羽黒坊さんて」

「あんた、どうしてそんなこと聞くだね」

女中が薊のことを怪しむ顔で言った。

そこで薊は作り話を考えて、

「実はあたしは行方知れずになった兄さんを探していましてね、その兄さんと親しかった人と今の羽黒坊という人がよく似てたものですから、もし本人だったら兄さんの行方を聞いてみようかと思ったんです」

「あんれ、そりゃ大変でねえか。あたしが羽黒坊さんにお引き合わせしましょうか」

薊が少し慌てて、

「いいえ、それには及びませんよ。もし違う人だったらいけませんから。また羽黒坊さんをご城下でお見かけしたら、聞いてみようかと思います」

「そうかね、それならいいけど」

「羽黒坊さんはなんのためにここに泊まっているのかしら」

「人を待ってるみてえだね」

「人を？」

女中がうなずいて、

「京の都から来る人を待ってるらしいよ。旦那さんがそう言ってただ。でもその待ち人がどんな人かまでは、おらたち聞かされてねえだよ。羽黒坊さんも京訛《きようなま》りがあるから、やっぱりあっちの方の人でないかね」

羽黒坊の待ち人が何者なのか、薊はとても気になった。

三

道円は城へ向かいながら、その途中で小十郎を誘い、城下の料理屋へ入った。

二階の一室に陣取ると、道円は女中に酒肴を註文《ちゆうもん》しておき、通りに面した窓を開け、下を往来する人を見るとはなしに眺めつつ、

「信州はろくな食いものがないな」

と言った。

小十郎が鼻で嗤《わら》って、

「それはそうでしょうな。この地は寒きことはなはだしく、五穀生ぜず、稗、蕎麦《そば》のみ多し、水菓子《みずがし》の木もなしと、ものの本にも書かれております」

「因州や作州にいた頃がなつかしいぞ。彼《か》の地では山海の珍味がふんだんに食えたのだ」

「同感にございます」

やがて女中二人が酒肴の膳を運んで来て、二人は黙々とそれらを口にしながら、声を発せずに会話を始めた。壁に耳、障子に目を常に警戒する彼らなのである。

「さて、道円様、いつ虎之助を仕留めますかな」

「うむ、それよ……」

「迷うておられるのですか」

小十郎の目が険しい。

「迷いなどない。城中でもどこでも、早う虎之助の素っ首を刎《は》ねてやりたいと思うておるわ」

「では、なぜ」

「わしと絹女の部屋にいつも見張りがついている。昼夜を分かたず、家臣の目が光っているのだ。これはやり難い。今までになかったことだ」

「家老の差し金ですか」

道円が苦々しくうなずく。

「では虎之助の前に、服部をやらねばなりませんな」

「それはそうなんじゃが……」

道円は煮え切らない。

「何か」

「その以前に、わしはどこにいてもなんとのう妙な気配を感じてならん。それが気障りなのだ」

「それは雛蔵と蠟女を、横川の関で助けたくノ一どもでは」

「わからん」

曖昧《あいまい》な道円に、小十郎が膝を詰めて、

「雛蔵たちを責め殺してでも、吐かせませぬと」

「いや、それもなあ……奴らはまだ泳がせておけ。今のところなんの目算もないが、二人の使い道はあるはずじゃ」

「それでは道は拓《ひら》けませんぞ。雛蔵たちが他の忍びと接したということは、そこでどんなことが取り交わされたか知れたものではありません。二人がわれらを裏切るようなことがあったらどうしますか」

小十郎の面上に苛立ちが浮かんでいる。

「ようわかっている、おまえに言われるまでもない」

ややあって、道円は苦渋の決断をするようにして、

「ではやるか、今宵」

小十郎が確《しか》とうなずき、

「やるべきです。家老が消えれば事は前へ進みます」

「よし、わかった。今は手勢は何人いる」

「二十から三十はこの地に入っております。それに……」

そこで小十郎は酷薄な笑みになり、

「〝草〟を入れれば、数はもっと多くなりましょう」

「老いぼれ一人にそれほどの数はいらん。うむ、ようやっとふんぎりがついたぞ。今宵、服部庄左衛門を仕留めるのだ」

「はっ」

承服しながら、小十郎の腹のなかにはどす黒いものが渦巻いていた。

(道円も焼きが廻ったな。こんなところでもたついているようではもう駄目だ。次はおれだ。おれがこの座に取って代ってやる)

内心でそう思った。

その時、道円の目が鋭く障子へ走った。

それと察した小十郎が、すばやく立って障子を開け放った。

だが廊下には誰の姿もない。

「お待ちを」

小十郎が道円に言って大刀をつかみ取り、廊下を走って階段の上に立った。

逃げて行く娘の小袖が見えた。

それは萩丸なのだが、顔は見られていなかった。

小十郎が階段を駆け降り、萩丸を追った。素足のまま表へとび出すと、すでに萩丸は消えていた。

「………」

小十郎は歯嚙《はが》みし、憤怒の形相で辺りを睥睨《へいげい》している。

四

まだ日の高いうちから絹女は湯に入ることになっていて、その日も一人城内の湯船に浸かっていた。

若く豊満な肌は湯を弾き、うっすら汗ばんだ額に張りついたほつれ毛が妙に艶かしい。

そして左乳房の上に彫られた黒蜥蜴である。

絹女はそれにそっと触れ、虚空を凝視した。

彼女は甲賀忍びの中忍だったが、村雲流と手を組むことになった時、まずは道円と肉の契りを結んだ。もう何年も前のことだが、道円は絹女の肉体に惑溺《わくでき》し、その時に彼の達《たっ》ての希みで黒蜥蜴を彫ったのだ。

それがくノ一でありつづける上で不利なことはわかっていたが、上忍の道円には逆らえなかったのだ。

しかし、二人が熱かったのは二年ほどのことで、今はたがいに疎遠になっていた。

くノ一は過ぎたことには固く門扉を閉ざすから、今の絹女は道円との関係はなんとも思っていなかったのだ。

杉戸が開いて菊丸が現れ、敷居際に畏まった。

「お呼びでございますか」

「こっちへお出《い》で」

湯船から絹女が手招いた。

とっさに菊丸が困って、

「え、あの、でも……」

「いいからこっちへ。着物を脱いで」

「………」

「主が一緒に湯に入ろうと言っているのよ」

「………」

「どうしたんだえ、主の言うことが聞けないのかえ」

「………」

菊丸が微かにうなずき、やむなく退いて脱衣すると、手拭いで前を隠してそろりと入って来た。

その肉体はまだ少女の面影を多分に残し、未発達な部分も多いが、固く尖った乳首はつんと上を向いている。乳房そのものは小さくとも、形はよく、くびれた腰にしなやかな肢体は清楚《せいそ》な美しさを放ち、乙女そのものである。

絹女はその肉体を底意のある目でジッと眺めていたが、

「おお、見事な躰《からだ》をしておるではないか」

「お許しを」

どうしてよいのかわからず、菊丸は絹女の胸に彫られた刺青を視野に入れながら、湯船の前に突っ立っていると、絹女が手を差し伸べてその腕を取って、ぐいと引き寄せた。

「お入り」

「……………」

困惑した菊丸が烈しくためらっていると、絹女が強く手を引くので、湯船を跨《また》いでそろりと入った。

湯のなかで女二人が並んだ。

「福、おまえは山里の者ではあるまい」

「いいえ、あたしは伊那郡の栗田村で育ちまして……」

目を伏せて言うと、絹女が湯を分けて近づいて来て、

「おまえは嘘をついている。肌は白くて日に焼けておらぬ。それが何よりの証拠であろうが」

「……」

「男は知っているのかえ」

「……」

「答えなさい」

「失礼します」

菊丸が立って湯から出ようとした。

するとすかさず絹女も立って、菊丸の肩に力を加えて無理に湯船に座らせた。そうして菊丸に躰を密着させ、妖《あや》しい顔を近づけて、

「うぶなようだね、おまえ。男はまだ知らないみたいだ。男なんか知らなくていいのよ。わたしがいいことを教えて上げる」

「……」

絹女が菊丸の耳朶《みみたぶ》に唇を押しつけ、耳の穴にチロチロと赤い舌を入れた。

菊丸は思わず身を硬直させる。その頬と耳が恥じらいに赤く染まってきた。

その耳許で絹女が囁く。

「さあ、白状おし。おまえは何者なんだえ」

「そう言われましても、あたしはただの村の人間ですから……」

「お黙り。おまえが本物の福でないことはわかっている。どこですり替った。狙いはなんなの？　あたしたちのことを探りに来たんだろう」

そう言いながら、絹女は菊丸の裸身にやわらかな手を這わせ、それから乳房を揉みしだき始めた。

菊丸はしだいに耐えられなくなってきた。

「うすうすわかっているのよ、おまえのことは。忍びであろう。違うかえ」

菊丸が不意に攻勢に打って出た。

絹女の腕を払いのけて頭の後ろを押さえつけ、湯のなかに沈めた。ゴボゴボと水泡が上がり、絹女は両手を突っぱらせてもがき苦しむ。やがてその動きが止まり、絹女は気絶したのかぐったりとなった。

菊丸が油断なく手を放した。

とたんに絹女が湯から起き上がり、凄まじい形相で菊丸に組みついてきた。菊丸がそれに必死で抗う。

湯を烈しく掻《か》き立て、女二人の争いがつづいた。

絹女が菊丸の首を絞めつけるや、菊丸も負けじと腕を伸ばして絹女の首を絞める。

朦々《もうもう》たる湯煙のなかで、二人の顔は上気して真っ赤だ。

やがて菊丸が絹女を突き放し、湯船を出て戸口へ走った。そこで手早く着衣し、逃げようとしていると、道円がぬっと現れた。

菊丸が立ち尽くす。

絹女が全裸のままで近づいて来た。

「どうした、絹女」

菊丸の正体を聞かされてないらしく、道円が絹女に問うた。

絹女は脱衣籠《だついかご》から浴衣をひっぱり出して身にまとい、

「こ奴はくノ一なのですよ。われらのことを探りに潜り込んだのです」

「なに」

道円が険悪な目になり、ジリッと菊丸に近づいた。

菊丸は後ずさるが、背後は壁だ。

「どうしますか、道円様」

「ひっ捕えて正体を吐かせるのだ。その上でわしが汚して嫐《なぶ》り殺しにしてやる」

道円と絹女が菊丸に迫り、菊丸が追いつめられた。

その時、湯殿の外から奥女中の声がした。

「絹女様、若がお呼びでございますよ」

「あ、はい」

とっさに返事をする絹女に、道円も一瞬外に気を取られた。

その間隙《かんげき》を縫って菊丸が二人の間をすり抜け、脱走した。

「あっ、こ奴」

道円が吠えた。

菊丸は廊下へ踏み出すと暗い方へ向かって突っ走り、道円がしゃかりきで追った。

絹女は追わず、くるっと身をひるがえして自室へ戻って行った。

そこで鏡台の前に座り、念入りに化粧を始めた。

このところ葬儀などで途絶えていた虎之助の、久しぶりのお召しであった。今日は腕によりをかけて籠絡《ろうらく》してやるつもりになっていた。なぜならそれは、虎之助を骨抜きにすることが絹女に与えられた使命なのだから。

五

しかしそういう思惑を持って廊下をやって来た絹女は、つっと歩を止め、眉間を険しくした。

虎之助の御座所から、若い娘の華やいだ笑い声が聞こえたのだ。

「………」

その場に佇《たたず》み、絹女が耳を欹《そばだ》てる。

すると今度は朗《ほが》らかに笑う虎之助の声がした。

不快を押し隠しながら障子の外に畏まり、

「絹女にございます」

と声をかけた。

「おう、入れ」

虎之助の許しが出て、絹女が書院風の座敷へ入り、三つ指を突いた。

そして面《おもて》を上げると、虎之助の横に座った可憐な娘と目が合った。

絹女の胸に黒いさざ波が立ってざわついた。

娘は地味な小袖姿ではあるが、気品のある顔立ちをしており、愛くるしい丸顔の器量も端正に整っている。苦労知らずのあっけらかんとした感じの娘だ。

「若……」

娘にたじろぎながら絹女が言うと、虎之助が屈託のない笑みで、

「絹女、これなる娘は朱実《あけみ》と申してな、今日よりおれの小間使いをしてくれることになったのだ」

「小間使い……」

くぐもったような絹女の声だ。

朱実はその場からぺこりと頭を下げると、

「朱実と申します。絹女殿ですね」

「は、はい」

絹女は朱実に呑まれている自分を感じていた。

「近々、ご側室になられるとか」

「あっ、それはその……」

「若様、きれいな御方でございますわね」

「ああ、まあ」

「どこでお見初《みそ》めになられたのですか」

「城下の湯治場だよ。絹女の父親は儒者なのだ」

「まあ、それはそれは。では絹女殿も儒学をおやりに？」

「い、いえ、わたくしなどはとても……」

絹女はしどろもどろだ。そしてしだいに居心地が悪くなってきて、

「若、御用の向きは」

「うむ、朱実を引き合わせたかっただけだ。二人とも、仲良うやってくれ」

朱実がにっこり笑ってうなずくと、絹女は叩頭して逃げるように御座所を出た。

廊下を行く足取りも覚束《おぼつか》ないようで、ようやく自室に辿《たど》り着くと、道円が待っていた。

「逃げられたわ、あの小娘に」

道円が苦々しく言った。

絹女はそれには何も答えず、気もそぞろに座り込んだ。

「どうした、何かあったのか」

「若の所に妙な娘が……」

「妙な娘だと？」

「知りませんでしたか」

「いや、何も聞いておらんぞ。何者なのだ、その娘とは」

「若は新しい小間使いと申しておりました。でもあれは只者《ただもの》ではありません」

「只者ではない？　どうしてそう思うのだ。相手は高々小間使い風情なのであろう」

「わたしの勘ではあれは身分のある娘です」

「虎之助がわれらを出し抜いて、何かをもくろんでいるとでも申すのか」

「そうとしか思えません」

そこで絹女は危機感を露にして、

「道円様、お気づきになりませんか。城内の様子が何か変ってきていますよ。わたしたちが初めにお城へ入って来た時と、明らかに違います」

道円は暫し考え込んでいたが、

「もしそうだとするなら、それもこれもあ奴のせいかも知れん」

「誰ですか」

「家老の服部庄左衛門じゃ、彼奴が糸を引いているのやも……したが、その命運ももはや風前の灯《ともしび》」

「やるのですか」

道円がうなずき、

「わしはためろうていたが、小十郎に急《せ》かされた。だがそれでよかったのやも知れん」

「道円様、その小十郎殿のことですが」

「なんだ」

「以前より小十郎殿は道円様の座を狙っている節が。野望高きお人ですから、お気をつけになられた方がよろしいかと」

「あ奴がわしの座を？　ふん、笑止《しようし》千万《せんばん》じゃな。そんなことはさせぬゆえ、心配は無用にしておけ」

「はい」

答えはしたものの、絹女の顔は青褪めている。

「まだ気掛かりなことでもあるのか」

「道円様、この仕事は気が進まなくなって参りました。何か、われらの方によくないことが起きるような気がしてなりませぬ」

「と申して、今さら手を引くわけにも参るまい。折角藩主を暗殺したのだからな。

それに京におわす彼の君が承知するはずもない。また彼の君がたとえ許されても、その上のあの御方のお怒りに触れるは必定《ひつじょう》じゃ。そうなればわれらの身の置き所はのうなる。追放されればたちどころに飯は食えなくなる。あるいは最悪のところ、命までも取られることにもなりかねん」

「お待ち下さい、道円様。京の彼の君のことまでは聞いておりますが、その上の御方とはどなたのことで？」

道円が口を滑らせたことを悔やみ、視線を泳がせて、

「う、うむ、それはまあ……おまえはそこまで知らずともよいわ。聞かなかったことにしておけ」

そこで重い溜息をつき、

「絹女よ、わしらはそのようにしてがんじがらめのなかに生きておるのじゃ。そこを篤《とく》とわきまえろ。その上で打開する道を探らねばならん」

絹女は無言でうつむいている。

「まっ、今宵服部が頓死《とんし》致さば事態はおのずと変わろうぞ。小十郎の手並拝見と参ろうではないか」

六

天竜川《てんりゅうがわ》は諏訪湖から流れ出て、伊那街道ともつれ合いながら、山脈の向こうに富士のお山を望みつつ南北にまっすぐ延びている。

その湖を背にした河原で、薊、萩丸、菊丸の三人が集まっていた。

落日が川面《かわも》を赤く染めている。

まずは薊が口を切って、

「本陣の者の話では、修験者は羽黒坊と名乗っていますが、れっきとした京の侍だということです。恐らく忍びではなく、禁裏に召し抱えられた公家侍ではないかと思われます」

薊の意見に、萩丸がうなずいて、

「村雲流そのものが天子様を護る忍びなのですから、それは当然のことですね」

「気掛かりなのは、羽黒坊は京から来る誰かを待っているということです。それを見極めるまでは本陣から目が離せません」

突然、日暮れて家路を急ぐ童《わらべ》の群れが足音荒く走って来て、それに驚かされた

薊は一瞬鋭い目を走らせるが、また元の穏やかな表情に戻って、

「萩丸、そちらはどうでしたか」

「道円と連れが城下の料理屋へ入ったので、わたくしもなかへ忍び込んで話を聞こうとしたのです」

萩丸は悔しそうに唇を噛みしめ、

「ところが含み話をされて、聞き取ることはできませんでした」

含み話とは忍び同士が声を出さず、たがいに読唇術で会話することをいう。最前の道円と小十郎がまさにそれだった。

「その上勘づかれたので、危ういところで逃げて参りました」

「顔は見られましたか」

「それは大丈夫です」

次に薊は菊丸を見て、

「菊丸、あなたの正体はどうして露見していたのでしょう」

「たぶんあそこにいる誰か、〝草〟のせいだと思われます」

「その心当たりは」

萩丸の問いに、菊丸がある見当をつけて、

「若党の東新六という者がくさいと思っています。絹女の所に親しく出入りしてましたから」

「どうしますか、薊様」

萩丸が気障りな目で言った。

「所詮《しょせん》は小者でしょうから、今は放っておきましょう」

そこへ「どうも遅くなりまして」と言いながら、色四郎が駆けつけて来た。

「何か動きはありましたか」

薊が聞くのへ、色四郎はひとしきり手拭いで首筋の汗を拭い、しかつめらしい顔になって、

「わたしは家老の屋敷から目を離さないでいたんですが、朝から三人、昼前に二人と、うろんげな奴らが屋敷を見て行きました。いずれも土地の百姓や旅人の姿なんですが、くさいと思いまして、あとをつけるとまんまとまかれちまいました。奴らは明らかに村雲流の忍びかと思われます」

薊が表情を引き締め、

「今宵あたり、何かが起こりそうですね」

「松井田宿とおなじように、夜討をかけるつもりかも知れません」

そう言ったあと、色四郎は別の話題を持ち出して、

「薊様、もうひとつひっかかることが」

「はい」

「さる大名家の行列が、ここから一里半ほどの所にある樋橋《とよはし》という村に三日ほど前から来ておるのです。それがなぜかわからんのですが、下諏訪の本陣には泊まらず、そこの蓮華寺《れんげじ》なる古刹《こさつ》に家臣一同が厄介《やっかい》になっております。供揃えは五十人ほどで少ないのですが、家臣たちは何をするでもなくぶらぶらして。その噂を聞きつけまして、昼過ぎからそっちへ行っておりました。妙だと思いませんか」

「藩名は知れたのですか」

薊も妙な思いで問うた。

「越後の春日藩と申す外様の五万石です。それを聞き出すのに中間にまた金を使っちまって、薊様、本当にこたびの仕事は物入りですなあ」

そう言われても薊は意に介さず、苦笑しただけで、

「鏡山藩と因縁でもあるのでしょうか」

「さあ、それなら堂々と下諏訪に参るはずですから、どうも春日藩は何かの事情があって隠密裡に動いているような……と申して、差し迫った感は見受けられず、ご

家来衆は至って暢気《のんき》な様子なのですよ」

「行列の主は何者なのです」

「姫君だそうです」

「姫君……」

さしもの蓟も思案に詰まった。

七

その姫君とは、虎之助の小間使いと称していた丸ぽちゃの朱実のことなのである。春日藩の次女として生まれ、その名を朱姫という芳紀《ほうき》十八歳だ。

寛永寺の茶会で虎之助と出会い、そこで彼の茶の立て方が乱暴だと文句を言うと、逆に叱られた。生まれてこの方、人に叱られたことなどなかったから、朱姫にはそれが新鮮な驚きで、乙女心に火がついた。生来のはっきりした気性で、悶々《もんもん》としているのが嫌いだから、朱姫はすぐに縁組の話を周囲に持ちだした。それで家老の松《まつ》木左内《きさない》が日向守正弼に直談判《じかだんぱん》をした。正弼とて大乗り気で、こんな良縁を断る理由はないから、話はとんとん拍子に進むかと思われた。しかし正弼は急死をしてしまった。朱姫は国表へ帰っても虎之助への思い断ち切れず、家来を隠密裡に遣わして調べさせ、そこで初めて正弼の死が暗殺であり、今の鏡山藩が暗雲に覆われていることを知った。暗殺の件を調べだしてきたのは家来の手柄だが、その情報がさして労せずに手に入れられたのは、伏せてあるとはいえ、もはや家中の誰もがひそかに承知していることにほかならなかった。

それで朱姫は矢も楯もたまらない気持ちになり、少数の供揃えをしたがえて越後国から信濃国へ、必死で止める両親を強引に説得し、あくまでおしのびで遥々《はるばる》とやって来たのである。だが朱姫の一行は下諏訪の城下には入らず、そこから一里半手前の樋橋村の蓮華寺に落ち着き、多くの家来たちを控えさせた。仰々しく行列を仕立てて乗り込み、物議を醸《かも》すことを避けたのだ。

そして朱姫は姫君の衣装をかなぐり捨て、武家娘の姿に変化するや、家老の松木と屈強な家来を数人連れただけで、鏡山城へ押しかけたのである。

鏡山藩家老の服部庄左衛門は、すでに江戸にて朱姫の顔を見知っていたから、仰天して奥へ通した。だがほかの家中の者たちは、朱姫が身分を明かさないだけに戸惑い、様々な憶測を呼んでいるようだ。当初それを知っているのは、服部と中老の有馬軍兵衛だけであった。

しかし久しぶりに虎之助に面会するも、彼は気もそぞろでどこかおかしい。敏感な女の勘でそう思った朱姫は、服部に虎之助への疑念を口にし、今現在、鏡山藩の家中で何が起こっているのかを有体に話してくれと、膝詰《ひざづめ》で迫った。その姿はあたかも虎之助の許嫁《いいなずけ》のようだったから、服部は（天晴《あっぱ》れなおなご）と思い、包み隠さず打ち明けたものだ。元々服部は正弼共々、朱姫をよき女性《にょしょう》と見込み、好感を抱いていたのである。

そして道円と絹女が居座っていることを耳にするや、朱姫はひと言言ったものだった。

「追い出しましょう」

さらにもうひと言、

「側室なんてとんでもない」

そうも言ったのである。

その言葉に服部は欣喜《きんき》した。

いくら追い出そうとしても、これまで虎之助の心を捉えて離さない絹女は言うことを聞かなかった。また虎之助も絹女の件になると極度に優柔不断となり、その話題から逃げ腰になるのだ。他のことではたとえ勇猛果敢であっても、こういう女の件などになると腰砕けになる弱さが虎之助にはあった。所詮は世間知らずで、どこか軟弱な若殿なのである。

それに比べて、

（朱姫はどうだ）

と服部は思った。

大名家の息女でありながら真摯《しんし》に物事を見据え、正しい判断をする。世間の裏表など知る由《よし》もないのに、真理を見抜く力を持っている。それは朱姫が生まれながらにして持っている資質であろうと、服部は感心をしたし、また虎之助の正室としてこれほどふさわしいおなごはおるまいと確信もした。

それで百万の味方を得た気持ちになり、服部は全面的に朱姫に協力することを心に誓ったのである。

まず朱姫が言いだしたことは、彼女の敵である絹女に会うことだった。それが最大の関心事らしく、小間使いという触れこみで朱姫から朱実と名を変え、虎之助を介して絹女に会った。

そして会うやいなや、

（これは難敵）

と彼女は思った。

絹女をひと目見て、尋常な女ではないと見破ったのだ。

虎之助、朱姫、絹女が御座所で三人だけで会っている時、隣室では服部と松木が息を殺して彼らのやり取りに耳を傾けていた。

そして絹女が立ち去るや、朱姫はやんわりと虎之助を睨み、あんな女のどこがよいのかなどという下世話な言い方はせず、にっこり頬笑んで、

「虎之助様が見込まれただけあって、絹女殿はなかなかよきおなごにございますわね。才藻《さいそう》豊かなようにも身受けられますし、わたくしなどとても歯が立ちませぬ」

と言った。

その言葉に刺があることは虎之助にもわかるから、言下に否定しておき、だがここでも虎之助は優柔不断になって、

「い、いや、そこ許にはとてもかなうまい」

曖昧《あいまい》にそう言っておきながらも、虎之助はなぜか朱姫に対して弱腰になってしまうおのれを自覚していた。そういう相性かも知れないし、こればかりは理屈ではないのだ。まだ縁組が決まったわけでもなく、したがって許嫁でもないのに今から牛耳《ぎゅうじ》られてどうするのかと思うが、すでに朱姫に頭の上がらない虎之助なのであ

る。

今は亡き兄の推挙もあり、また虎之助がもっとも信頼している服部が、朱姫はよき相手と認めている以上、もはやこの縁組を壊すわけにはいかなかった。それほどの強い意志は彼にはないのである。

それに虎之助は、ここまで押しかけてきた朱姫の情熱にも圧倒されていた。目から鼻に抜ける彼女の聡明さは新鮮な驚きでもあったし、また彼女自身に強い女の魅力も感じていた。しかし朱姫と絹女の二兎《にと》を追うわけにはゆかず、いずれ二者択一を迫られることはわかっていても、こういう時の英断や決断となると、おのれの気持ち自体があやふやになってしまう。少しでもその現実から逃げたくなるのだ。

その日の宵も奥の院で朱姫、服部、松木左内が雁首《がんくび》を揃えていたが、虎之助も呼んでいたにも拘《かか》わらず、それに同席せずにどこかへ行ってしまった。

それはそれで結構だとばかり、虎之助の行方を詮索《せんさく》せずに、朱姫は口火を切ってオホンと可愛い咳払いをし、

「ともかく服部殿、儒者の親子には出て行って貰わねばなりますまい。よそ様の政治に口を出すつもりは毛頭ありませぬが、他人の手による藩政改革などありうべからざることと存じまする」

遠慮がちな表情ではあるが、言うべきことを決然と言った。

服部が得たりと膝を打ち、

「むろんです、むろんです。尼子道円の申す通りにしていたら領内は混乱を来し、とんでもないことになるのです。ですからそれがしは、元よりあの二人には反対だったのでござるよ」

「それで安心致しました」

朱姫が胸を撫で下ろすと、松木がくそ面白くもないという表情を歪《ゆが》めながら、ギロリと目を剝いて、

「そもそもでござるが、姫は虎之助君のどこが気に入られたのでござるか。そこのところがそれがしにはとんと理解できずに困っており申す」

虎之助を否定するような言い方をした。

松木は服部と同年齢だが、服部に輪をかけたような頑固者らしく、いつも渋面で、にこやかな笑みを見せたことなど一度もない男である。

服部が言い難いことをよくも平気でほざく男だと思い、ムッとして松木を見た。

松木はその視線を感じながら知らん顔をしている。

すると二人の家老の思惑に拘わらず、その時だけ朱姫は夢見るような顔になって、

「あの御方の、凜々しくて男らしいところです」

虎之助のことをそう評した。

それで松木はさらに苦虫を嚙みつぶしたような顔になり、

「どこが男らしいのですかな。こたびの件でも逃げを打ってばかりではござらぬか。あのような御方を君と仰ぐのは、それがし些か憚《はばか》られまするが」

服部が躰の向きを変え、松木を睨むようにして、

「お手前、われらの主君を誹謗《ひぼう》なされるご所存か。陰でならともかく、家老であるみどもの面前でよくもそのような」

語気を強めて言った。

「曲解されては困りますぞ。当家の姫君の婿として虎之助君がふさわしいかどうか、それを忖度《そんたく》しているのでござる」

「な、何を申されるか。この上の雑言《ぞうごん》、許し難し」

それから服部は朱姫の方を気遣いつつ、これだけは言っておかねばと思いながら、

「元々この縁談は当家からお願いしたわけではござらん。そちらが押しかけて参ったものではござらんか。そこのところをはっきりさせておいて頂きたい」

服部のその言葉に、朱姫は気恥ずかしげにうつむいた。

するとも松木は肩を尖らせて気色《けしき》ばみ、

「お、押しかけてきたとは慮外千万《りょがいせんばん》な申されよう。お言葉が過ぎまするぞ」

「ではなんと致されるか」

「うぬぬっ」

服部と松木が一触即発の気魄《きはく》を見せて睨み合った。

それを見ても朱姫は存外に冷静で、特に慌てもせず、またもや可愛い咳払いをして、

「おやめなされ、お二人とも。両家が角突き合わせてどうしますか」

たしなめられ、老人二人は憮然《ぶぜん》として口を噤んだ。

「わたくしは虎之助様とめでたく夫婦《めおと》になれればそれでよいのです。そのように心に決めましたからもはや翻意《ほんい》はありませぬ。この先は皆で仲良うやってゆけることを願います」

「ははっ、有難きお言葉、身に沁《し》みて」

服部は平伏するが、しかし松木は仏頂面《ぶっちょうづら》のままだ。

一方の朱姫は言いたいことを言ったので気持ちがすっきりしたのか、あっけらかんと天井を見ている。しっかり者なのに、その表情はあくまであどけないのである。

八

その夜も服部の帰路には、御刀番十文字右京、大納戸門倉長三郎、小納戸岩城宇太夫の三人が警護のために同行した。

若党の東新六が先に立ち、足許を提灯で照らしているのもいつもの通りだ。

「ご家老、漏れ承ったのですが、若に縁談が持ち上がっていると申すは真ですか」

興味に目を光らせ、十文字が問うた。

だが服部はそれには曖昧に口を濁し、

「うむ、まあ、どこで耳にしたのかは知らんが、そういう話の一つや二つが舞い込んでも不思議はないのう。何せ若はご正室をお迎えして当然のお歳なのじゃ」

服部としては朱姫との縁談は当分伏せておくつもりだった。すべてが相整わぬうちから浮かれだすのは、彼はよしとはしなかったのだ。そうして朱姫の美貌や立ち姿を思い浮かべていると、ついでにあの癪《しゃく》にさわる家老の松木の顔も浮かんできた。とたんに不快になった。どこかであの男をぎゃふんと言わせてやりたい衝動に駆られる。

「もし若が嫁を迎えるとなると、あの絹女はどうなるのだ」

門倉が言うと、岩城は一笑に付して、

「仮に新妻が輿入《こしい》れして来てだな、そこにすでに側室がいたのではいくらなんでもまずかろう。なんとかせねばなるまいて。のう、ご家老」

「いかにも。このわしがなんとかするつもりよ」

その時、風もないのにザワザワと木々が揺れた。辺りは雑木の生い繁った暗い道だ。人影などどこにもなく、ここへ来るまで誰とも行き合わなかった。じっとりと汗ばむような蒸し暑い晩である。

「きえっ」

突如、奇天烈《きてれつ》な声が聞こえたかと思うと、樹木のなかから無数の黒装束の一団が殺気をみなぎらせて落下して来た。そして服部めがけて殺到する。村雲流の下忍の群れだ。

「おのれ、何奴」

十文字が怒号し、門倉、岩城と共に刀を抜き合わせ、服部を護って応戦した。白刃と白刃が鈍い金属音を立ててぶつかり合い、双方の足が入り乱れた。

剣の心得のある門倉と岩城が矢面に立って闘い、十文字が服部を誘導して、

「ご家老、こちらへ」

だが服部は敵に後ろを見せるのが嫌いで、しかも頑固だから、

「わしは逃げんぞ」

そう言って刀を抜き放ち、門倉らを押しのけて勇ましく敵の前へ出ると、

「うぬら、誰の差し金であるか。何ゆえわしの命を狙う」

言い放つが、黒装束の一団は一言も発することなく、ここを先途と服部に斬りつけた。

門倉と岩城が刀でその白刃を薙《な》ぎ払い、門倉が十文字に鋭くうながした。

十文字が強引に服部をひっぱり、身をひるがえす。

新六も二人と共に逃げながら、だがそこで服部の背をカッと別人のような目で睨んだ。

(今だ、今ならやれる)

長脇差を抜いて服部を突き殺そうとした。

その瞬間を、ふり返った服部が見た。

「新六、なぜだ」

予想外の事態に直面し、服部が唖然《あぜん》とした声を発した。

「し、死ぬのだ、ご家老、いえいっ」

新六が長脇差を腰だめにし、地を蹴った。

「ぐわっ」

だが絶叫を上げたのは新六の方で、逆胴で斬り裂かれ、血しぶきを上げて倒れ伏した。

血刀を下げて立っているのは、忽然とその場に現れた黒装束の薊だ。

服部が目を見開き、

「おおっ、その方は」

薊が無言で一礼し、くるっと踵《きびす》を返すと黒の一団の方へ突進して行った。そして群れのなかにとび込んで電撃の如く白刃をふるい、袈裟《けさ》斬りから当て抜き胴、忍び刀の血ぶりをする暇もなく、さらに唐竹割りに相手を倒して行く。それは一瞬の出来事であり、たちまち三人が血に染まって絶命した。やがて残党どもは掻き消すように逃げ去った。

十文字、門倉、岩城は茫然《ぼうぜん》と突っ立って薊を見ているだけで、その手並の凄まじさに言葉を失っている。

服部は新六の死骸を腹立たしげに蹴りのけると、

「こ奴めが敵の廻し者だったとは、夢にも思わなんだぞ」

誰にともなく言い、刀を納めてこっちへやって来ると、そこでまた死骸を不審にふり返り、

「いや、まてよ、新六は親の代から当家に仕え、忠勤を励んでいたはずだが……それがなぜだ」

それには薊が答えて、

「その者は〝草〟なのでございます」

「なに、〝草〟とな？」

「代々その地に根を下ろし、藩、及びご城下の動静を探る忍びの間者《かんじや》なのです」

「忍び……」

服部は微かなおののきを見せ、油断のない目で薊を見ると、

「では尋ねるが、その方も忍びなのか」

薊は何も答えず、無言でいる。

「そうか、答えたくないか。まっよかろう。これ、娘、まずは礼を申すべきであるな」

「それには及びません。ご家老の身に災厄があってはと、陰ながら見守っておりま

した」

「それはなぜじゃ」

「わたくしのこたびの仕事にございます」

「それではわからん。誰に頼まれたどういう仕事なのじゃ」

「その儀、ご容赦下されませ」

「ふむ、しかして面妖ではないか。わしを護るように頼んだ者がどこかにおるということか」

「いえ、ご家老のみにあらず、鏡山藩を警護してございます」

「当家を？」

「はい」

「はてさて、益々わからんが……いや、何はともあれその方のお蔭で九死に一生を得ることができた。改めて礼を申すぞ」

薊が無言で頭を下げ、サッと行きかけた。

「待て、名だけでも明かせい」

「薊にございます」

風をくらって薊が消えた。

それまで息を詰めて二人のやり取りを聞いていた十文字たちが、われに返ったように騒ぎだした。

「ご家老、あの娘はいったい……」

岩城はあとの言葉がつづかず、門倉が引き取るようにして、

「以前より存知上げていたのですか」

「うむ、まあな……しかし女の身であれほどの手練《てだれ》は見たことがないぞ。当家で召し抱えたいほどじゃ」

十文字が顔を青褪めさせて、

「ご家老、娘の詮索はさておき、刺客を放ったるは何者の仕業とお考えで」

服部はそれには無言で、含んだ目を闇にさまよわせている。

九

そのおなじ頃、萩丸と菊丸は下諏訪の本陣を見張っていた。

向かいの商家の屋根に身を伏せ、そこで日の暮れからこの方、本陣の人の出入りを見ている。

本陣は夕の七つ半（五時）になると冠木門が閉じられ、灯も消えて、人の出入りも途絶えてひっそりと静まり返っている。

萩丸は羽黒坊を見ているから、彼が出て来たら菊丸と共に後を追うつもりだ。

「何食べてるのよ、さっきから」

萩丸が咎《とが》める声で言った。

最前から菊丸は何かを口に含み、萩丸にわからないように咀嚼《そしゃく》しているのだ。

「いいでしょ、わたしの勝手なんだから」

「忍びはね、こんな時にものは食べないはずよ」

「仕方ないわ、育ち盛りなんだから」

萩丸が呆れ顔になって、

「もうそれ以上育たないでしょ、十分じゃない」

何を食べているのよと言い、萩丸が菊丸の隠し持っているものを取り上げた。干《ほ》し芋《いも》である。

「まあ、こんなおいしそうなものを一人占めして。許せない」

萩丸が干し芋をくわえると、それを菊丸が取り戻そうとして二人は無言で争った。

そのうち菊丸の手が萩丸のやわらかな乳房に触れてしまい、慌てて手を引っ込めた。

芋などどうでもよくなったのか、菊丸は高鳴る動悸を鎮めている。

「どうしたのよ、急に」

「嫌なこと思い出したの」

「えっ」

「絹女よ、一緒に湯に入らされたの」

「それで」

「変なことされたわ」

「どんな」

「言えない」

「駄目よ、言いなさい」

萩丸が菊丸の額を小突いた。

「躰を触られて、耳たぶを吸われた」

「あらあ、嫌らしい」

「あの女にはね、左胸の上に黒蜥蜴の刺青があったわ」

「ということは、虎之助君も知ってるはずよね」

「うん」

「側室になろうという身で、刺青を彫ってるなんてとんでもない話だわ」

「そうよ」

「どうだったの、それで」

「何が」

「触られたんでしょ、気持ちよかった？」

菊丸が顔を赤くして、

「馬鹿なこと言わないで。わたしの方にそんな気はないんだから」

「でしょう、女と女なんてねえ」

「もちろんよ」

「ああ、よかった、あんたがまともで。もしもそっちの趣味があってよ、わたしに好きよなんて囁かれたら困るもの」

「たとえわたしがそうでも、相手を選ぶわ」

「何それ、どういうこと」

そこで菊丸が押し殺して笑い、萩丸も口許を押さえてクスクスと笑った。

その時である。

少数の供揃えに護られるようにし、紅網代《べにあじろ》の塗駕籠《ぬりかご》が粛然とした雰囲気で夜霧のなかから現れたのだ。それは厳かなようであり、何やら秘密めかした様子で、幽玄《ゆうげん》ささえ漂わせている。

萩丸と菊丸が驚きの目で見交わし、すばやく屋根瓦に身を伏せた。

小者がそっと門扉を叩くと、それを承知していたらしく、本陣の主みずからが開門して一行をうやうやしく招き入れた。一行は吸い込まれるようにして邸内へ入り、また門扉が閉じられた。

「どうする」

菊丸が怖気づいたように言うと、萩丸がその肩をポンと叩き、

「見極めるのがわたしたちの仕事よ」

「そうだけど……」

菊丸を鼓舞《こぶ》するようにし、萩丸がうながして、二人は屋根から風を切って舞い降りた。

十

本陣の奥の間にはすでに貴族を迎えるための支度が整えられていて、大名や旗本

などには決して使わない御簾《みす》が上段にかけられていた。その上段には典雅な装飾を施された網行燈《あみあんどん》が灯されている。

御簾の向こうに鎮座しているのは、たった今到着したばかりの前中納言土御門《さきのちゅうなごんつちみかど》胤熙《たねひろ》で、彼はかつて、今上天皇《きんじょうてんのう》である東山帝《ひがしやまてい》の御勅使《ごちょくし》を務めたこともある上級貴族だ。

京から遥々やって来たのだが、本来なら土御門は輿《こし》に乗り、牛車《ぎっしゃ》に引かれ、きらびやかに着飾った女官や公家侍の供をしたがえて練り歩くものだ。しかしこたびは隠密旅ゆえ、武家の妻女が乗る紅網代の女駕籠を仕立てての道中であった。

御簾の前に平伏しているのは、羽黒坊こと赤堀左宮である。

赤堀は浪人姿から衣服を改め、緑色の直衣を着ている。これは六位以下の身分の低い者の証《あかし》だ。一方の土御門は黒色の束帯《そくたい》を身につけている。四位以上は黒と決まっているのである。そして二人とも、折烏帽子《おりえぼし》を頭に頂いている。

「苦しゅうない、面を上げい、赤堀」

鷹揚《おうよう》な土御門の声が発せられ、赤堀が怖る怖る顔を上げた。

土御門は豆腐のような顔つきの、色白でふやけた感の四十がらみの肥満体である。眉毛を剃り落として置き眉にし、薄化粧を施している。そして唇には小さく紅を差している。だが眠っているような細い目は陰険そうで、情のかけらもない様子が窺える。

「どうじゃな、鏡山藩は」

「はっ」

「虎之助はまだ生きておるのか」

「……」

「よい、包み隠さず申せ」

「実は些か手こずっておりまして」

土御門の眉がピクリと動いた。

「なぜだ、それは」

「はっ……ちと横槍が」

「何者じゃ」

「家老の服部庄左衛門と申す者が」

「殺せばよかろう」

「それが、なかなか思うように……」

ピシャッ。

土御門が扇子で脇息《きょうそく》を打った。

「老いぼれたか、赤堀」

「はっ」

「麿《まろ》はその方に人の心など求めておらぬ。情けは不要じゃ。鬼になれぬのなら今すぐここから消えてなくなれ」

赤堀は縋《すが》るようにしてやや膝行《しっこう》し、

「いえ、情など決してかけておりませぬ。実は家老のほかにも障りがございまして」

「どのような障りじゃ」

「他流の忍びらしき者どもがこの地に入り込み、目障りに動き廻っておるのです」

「なんのためにじゃ」

「わかりませぬ」

「…………」

土御門が不気味に押し黙った。

赤堀がさらに慌てたように、

「中納言様、今暫くお待ち下さりませ。かならずや鏡山藩を改易に持って参りまするゆえ、何卒お許しを」

「………」

「中納言様」

土御門は深い溜息で、

「やれやれ、その方には落胆じゃな。がっかりしたわ。長いこと目をかけてやったと申すに、これではのう」

「………」

今度は赤堀が沈黙した。

「彼の君は首を長くして待っておられる。それにどう答えたらよい」

そこで土御門は狂気に満ちた滑稽な声色になり、腰を浮かせて大仰な仕草を交えて、

「まだにおじゃりまする、まだにおじゃりまする、まだまだにおじゃりまする」

赤堀が汗顔《かんがん》の至りでひれ伏す。

「麿は彼の君に、おなじ言い訳を繰り返さねばならぬのか。辟易《へきえき》ではないか、それは。彼の君はお気が短こうゆえ、只では済むまいのう。逆鱗《げきりん》に触れなばお手討にもされかねん。麿がそのようなことになったらなんとする」

「中納言様、どうか、どうか……」

消え入るような赤堀の声だ。

「今一度だけじゃ」

「はっ」

「責任はその方だけではない。道円、小十郎にも申し伝えよ。今一度だけ猶予《ゆうよ》を遣わするゆえ、確と鏡山藩を取り潰せ。麿はこれよりこの数日滞在致し、その方たちの働きを見守っておるぞ」

「ははっ」

そこまでを盗聴して、萩丸と菊丸は目顔でうなずき合い、天井裏から身を引いた。音もなく忍び出て屋根へ這い出る。庭先に警護の公家侍たちの黒い影が見えている。それを目の隅に入れておき、屋根伝いに小走るや、二人は一気に闇に身を躍らせた。

そうして再び本陣の表へ出ると、二人は大通りを突っ切って、向かいの商家の間にある路地へ入った。突き当たると蔵が建ち並んでいて、そこは一本道だから、蔵沿いにまっしぐらに東へ向かって走った。

だが二人の足が同時にヒタッと止まった。

萩丸と菊丸が表情を引き締め、油断なくふところへ手を伸ばす。

前方に五人、後方にもおなじような数の黒装束が殺気をみなぎらせ、二人を挟み撃ちにしている。これもやはり村雲流の下忍たちと思われた。

一斉に忍び刀が抜き放たれ、下忍たちが前後から兇暴に襲って来た。

だがそこで二人のとった行動は速かった。

萩丸は前方の一団を、菊丸は後方を、それらに向かって無数の卍《まんじ》手裏剣を放った。眼球を射抜かれた男が絶叫を上げ、別の男は喉に手裏剣が刺さって血を噴出させた。それと同時に彼女たちは撒き菱《まびし》をばら撒いた。これは忍器の一つであり、素材は鉄、木、天然の菱の実などで、四方に刺があって一方がかならず上を向くようにできている。敵がこれを踏むと痛みで足止めをくらわされ、その隙に逃走を計るものだ。

それを見越して飛び越えた何人かが、次にはさらなる撒き菱を踏んで呻き声を上げ、転げ廻った。

すると菊丸が身を屈め、萩丸がその背を踏んで家の屋根へ飛んだ。すかさずそこから手を差し伸ばし、菊丸をひっぱり上げる。それは息の合った者同士でなくてはできない瞬間の芸当で、日頃からの彼女たちの連携が功を奏したものだ。

そして二人の姿は、あっという間に屋根の向こうに消え去った。

十一

その水車小屋は菜種《なたね》を製油している途中らしく、農夫が帰ったあとの羽根車は止まったままであった。羽根車に取りつけられた幾つもの筒も動きを止めているが、時折、妙に大きな音を立てて樋《とい》に水滴が落ちた。

無人のそこへ薊、色四郎、萩丸、菊丸が入り込み、筵《むしろ》に座って向き合っていた。

薊は萩丸たちの報告を受け、俄に出現した公家の存在に眉間を険しくして、

「その公家の身分や名はわからぬのですか」

萩丸も菊丸も無念の顔でうなずき、

「でも黒の束帯を着ておりましたから、四位以上の身分であることは確かです。ぶよぶよに肥った見苦しき男でした」

萩丸が言い、そのあとを菊丸が継いで、

「その公家に対し、羽黒坊も公家の装束で、これは緑の直衣でしたから、彼奴は六位以下の低い身分、つまり薊様の推測通りに護衛の公家侍ということになります」

薊が考える目で、

「そうですか……四位以上の公家となりますと、参議《さんぎ》、中納言、大納言、さらにその上も考えられますね」

思案する薊に、色四郎が取り持つようにして、

「まっ、それはわたしが明日行って調べて参りましょう。聞き出す手立てはいくらでもありますよ」

それへ薊はうなずいておき、

「それにしても、なんとしたことでしょう。突如現れし謎の公家が黒幕と思いきや、さらにその上に何者かがいたとは……」

色四郎が萩丸たちを見て、

「その上の奴のこと、公家はどのように申していた」

「まず公家は、相手を彼の君と呼んでおりました」

萩丸の言葉に、色四郎は首をかしげて、

「彼の君か……それでは男なのか女なのか、どちらとも言えんなあ」

そのあとを菊丸が継いで、

「公家が申すには、彼の君はお気が短こうゆえ、只では済むまい。つまり鏡山藩の件がはかどらないことを言っているのですが、逆鱗に触れなばお手討にもされかね

ないと、そういう言い方をしておりました」

色四郎がその言葉を反芻し、

「その口ぶりでは、かなり身分のある相手のようではないか。要するに腫《は》れ物にでも触る如しなのだな」

萩丸と菊丸が首肯する。

「そうか、腫れ物か……」

色四郎が解《げ》せぬ顔を薊に向けた。

「外様潰しが狙いなのですから、恐らく公儀の者かと思われます。大目付《おおめつけ》か、老中か……その奴が糸を引き、その下に四位以上の謎の公家、村雲流の道円らがいて、この何年間かにわたって許し難き悪行を働いてきたのです」

薊の言葉に、色四郎が問いかけて、

「して、これよりどうなされますか、薊様」

「明日よりさらに本陣を見張りつづけて下さい。わたくしは家老の服部殿に近づきます」

「人を寄せつけぬ頑固者ではないのですか」

薊が目許をやわらげて、

「大丈夫です、さっき貸しをひとつ作っておきましたから」

下城の服部が家臣らと共に襲われ、それを薊が助けた話をした。

「その折、絹女の世話を焼いていた若党を処断しました。彼奴は家老殿を突き殺そうとしたのです」

「例の〝草〟ですな」

「そうです」

すると色四郎は口籠《くちご》もるようにしながら、

「薊様、実はですな、鏡山の城に数日前より奇妙な客人が滞在しておりまして、これがそのう、なんと申しましょうか……」

「どんな客人なのですか」

「若い娘とひとかどの立派な老いた武士、それに家臣らしき何人かも随行しております」

「身分はわからぬのですね」

「秘密にしておるようで、家中の者たちもはっきりとは知らぬらしいのです。しかるにその扱いがやけに丁重でございまして、どうにも妙なのですよ。以前にお話ししました樋橋村にいる春日藩の連中と、関わりでもあるのでしょうか」

「その娘御の人相風体は」

色四郎は朱姫の顔を思い浮かべながら、

「のほほんとした感じで、どこにでもいる武家娘のようですが、あれは恐らくお育ちのよい御方ではないかと」

「……………」

薊は何も言わず、凝然と一点を見ている。

道円一味のことならともかく、春日藩の朱姫の件になると、薊たちはこうして疎《うと》いのである。

第五章　鶴姫《つるひめ》

一

諏訪湖近くの無人の船小屋のなかで、雛蔵と蠟女は背を向け合い、百姓から町人姿に身を変えていた。その傍らには菅笠やふり分け荷物、杖などの旅支度が整えられている。二人とも切羽詰まった様子だ。

「雛蔵さん、陸奥国《むつのくに》まではどれくらいかかるの」

「気の遠くなるような道のりだよ、急ぎ旅になるけどついて来れるな」

蠟女はうなずくと、

「でもわたしたち、京の里にとても未練があるよね。あそこへ二度と戻れないと思うと悲しいよ」

「ああ、生まれ育った所だからな。けど仕方がないんだ、おれたちが抜けたことはすぐにわかるから、たちまち道円様たちの追手に捕まってしまう」

蠟女が不安な面持ちになり、雛蔵の後ろに立ってやや迷うようにしていたが、やがて意を決してその背にヒシと抱きついた。そういう行為は初めてだった。

雛蔵は女のような細身で長身だが、その華奢《きゃしゃ》な躰が硬くなるのが蠟女の両の手に伝わった。

「どこまでもついてくよ、雛蔵さん」

雛蔵は何も言わず、ゆっくり向きを変えて蠟女を見た。

「蠟女」

「いろいろあったけど忘れようよ、みんな。二人してやり直そうね」

雛蔵が小さくうなずき、不器用な仕草で蠟女を抱きしめた。

蠟女はギュッと目を閉じ、束の間の幸福感を嚙みしめている。

ギイー。

戸が軋《きし》んだ音を立てて開けられ、二人が驚いてふり向いた。

浪人姿の小十郎が入って来た。

「貴様ら、抜けるつもりか」

その言葉に、雛蔵と蠟女は凍りついた。逃げようにも出口はひとつしかない。

「小十郎様、どうかお見逃しを」

雛蔵がその場にひれ伏して哀訴すると、小十郎はいきなり抜刀し、白刃を雛蔵の首にヒタッと押しつけた。

「そんなことができると思うているのか」

「こ、小十郎様……」

雛蔵が震えた。

すると蠟女が白刃の下をかい潜り、おのれが身代りになるようにし、雛蔵と並んで平伏すると、

「小十郎様、この人に罪はありません。わたしを成敗《せいばい》して下さい。悪いのはわたしの方なんです」

「そうか」

小十郎が刀を引き、今度は蠟女に突きつけようとした。それは弱者をいたぶる獣の目だった。だが雛蔵が一瞬速く動き、その白刃を柏手《かしわで》を打つようにして両手で挟み込んだ。

「うぬっ、貴様」

小十郎が力を籠め、そのまま雛蔵を斬り殺そうとする。だがそうはさせじと、雛蔵も必死の力を籠めて白刃を両手で押さえている。

二人が火花を散らせて睨み合った。

蠟女はおろおろとするだけで、なす術《すべ》がない。

やがて雛蔵の力が尽きてきた。

小十郎は斬り殺すかと思いきや、そこで不意に力を抜き、不敵な笑みを浮かべて、

「手を下ろせ」

「……………」

雛蔵が油断なく、そっと両手を放した。

小十郎は刀を納めると、蠟女を鋭く見て、

「蠟女、おまえに用があって来た」

「えっ、わたしに？」

「おれと来るのだ」

「どこへですか」

「来ればわかる」

「で、でもわたしたちはもう……」

「そんなことは言わさんぞ。おまえの得意技が必要なのだ」

何を企んでいるのか、小十郎の目が邪悪に光っていた。

二

その夜、虎之助は白絹の夜着姿で本丸御殿にいて、絹女を相手に酒を飲んでいた。朱姫のことがあるから、虎之助はこのところ絹女には無沙汰《ぶさた》だったのだが、彼女の方から押しかけてきたのだ。それを無下にも断れず、やむなく酒宴を張ることになった。だから黙々と酒ばかり飲んで、会話はあまり弾まない。

「そろそろ切れ時かも知れませんね」

絹女がそう言いだしたので、虎之助は少し慌てて目を泳がせ、

「き、切れ時とはどういうことだ」

「わたしと若の仲でございますよ。見ていればわかります。お心が離れてしまわれたのですね」

「何を言うのだ、そんなことはないぞ。おれはずっとおまえのことを」

「さあ、どうかしら。今宵のお酒だって、あの小間使いの朱実さんの方がよろしか

ったのではありませんか」

「小間使いは所詮小間使いではないか。おまえとは比べものにならんよ」

「わたしにはあの人、只の小間使いには思えないんです」

虎之助が視線を逸《そ》らせて、

「では何者だというのだ」

「尋常な娘さんではありませんよね。気高くて品がおありですもの。どこかのご身分ある御方ではないのですか」

朱実の素性は道円から聞かされ、春日藩息女の朱姫であるということを、絹女はとうに知っていた。

「朱実の話はそれくらいにしておけ。おれはおまえと楽しく酒を飲みたいだけなのだ」

そう言うや、虎之助が絹女の手を握ってきた。

その機を待っていたように絹女は虎之助に身をもたせ、背後から抱かれる形になった。

するとすかさず絹女は、手のなかに握った小豆大《あずきだい》の丸薬を虎之助の目を盗んで盃に落としたのである。それがみるみる溶けて消えてなくなる。

「こんなことを申すのもなんでございますけど、わたし、知っているのですよ」

「何をだ」

「朱実さんのことです」

「どんなことだ」

「あの人ああ見えて、結構……」

気になることを言われ、虎之助は身を乗り出して、

「結構、なんだ」

「お盛んな人でしてね、夜な夜なひっぱり込んでるんです」

「な、何をひっぱり込んでいると申すのだ」

「男に決まっているではありませんか。所詮は卑しい小間使いなんですねえ」

「そ、そんな馬鹿なことが……」

虎之助が衝撃を受け、丸薬の溶けた酒を飲み干した。

「嘘だとお思いなら、あの人のお部屋へ行ってみるんですね。きっと驚かれますよ。あ、でも行かない方がいいかも知れません。がっかりするだけですから」

「………」

「わたし、今宵はこれで失礼します」

虎之助の腕からやんわりと抜け出て、絹女は頭を下げてひらりと出て行った。あとに残った虎之助は立てつづけに酒を呷《あお》り、ジッと一点を見据えて身じろぎもしないでいる。

朱姫がそんなふしだらな女とはとても思えなかった。これは絹女のやっかみではないのか。虎之助の心が朱姫に移ったことを絹女は敏感に察知し、中傷で遠ざけようとしている。そうとしか思えなかった。確かに虎之助の心は、今や朱姫に傾いていた。

しかしそう思う反面、虎之助はそれを確かめたい衝動に駆られた。絹女の言うことが思った通り中傷で、根も葉もないことならそれでよいのである。

ゆらり、虎之助が立ち上がった。

この時には体内に溶けた丸薬が効いてきたようだった。それは毒薬などではなく、罌粟《けし》が含まれているから感情を必要以上に亢進《こうしん》させる働きがあり、理性を失わせるに十分な効果があった。この乳液を集めて乾燥させたものが「阿片《あへん》」である。つまり時に忍びが使う秘伝の妙薬なのだ。

三

虎之助は本丸を出て、曲がりくねった廊下を幾つも渡り、朱姫が滞在している二の丸御殿へやって来た。

足音を忍ばせ、朱姫の居室の前に立つ。

もはや夜更けて辺りは静まり返っていた。

そこで耳を欹《そばだ》てていると、室内から小さな女の声が切れぎれに聞こえてきた。

「ああっ……よい……ああ、たまらぬ……」

それはまさしく朱姫の声だった。しかも虎之助が聞いたこともないあの時の声ではないか。

丸薬の効果もあり、虎之助は頭にカッと血が昇った。絹女が言った通りに朱姫はふしだらな女だったのだ。だがそこへとび込んで行くのは、さすがにためらわれた。

やがて声は聞こえなくなって、静かになった。

このままでは捨ておけぬと思い、虎之助は勇を鼓《こ》して脇差を抜き放ち、姦夫《かんぷ》を成敗する夫のつもりになってパッと障子を開けた。

そこに黒い男の影がうずくまっていた。顔は暗くて見えないが、寝巻姿で、膳の残り酒をチビチビと一人で味わっているようであった。

虎之助のうがち過ぎた目には、その男は情交後のけだるさを漂わせているようにも見えた。

言葉を発する間もなく、虎之助は問答無用でその男に斬りつけた。男は狼狽しながらも白刃を躱し、するりと隣室へ逃げ込んだ。

虎之助がつづくと、十帖余のそこに朱姫が夜具のなかで寝ていた。枕頭に行燈のうす明りが灯っている。

「うぬっ」

虎之助が見廻すが、どこへ消えたのか男の姿は見えなくなっていた。

あまりに面妖な出来事なので、虎之助の口から思わず唸り声が漏れた。

朱姫がその声に目を醒ました。

「まあ」

突っ立っている虎之助の姿に驚き、そして彼が手にした抜き身の脇差を見て「ひっ」と小さな叫び声を上げた。

「虎之助様、いかがなされましたか」

虎之助は疑心暗鬼の目で朱姫を見ると、

「そなた、今ここで何をしていた」

「な、何をと申されましても、ご覧の通りにわたくしはここで寝ておりましたが」

朱姫の怯えた姿を、虎之助は秘め事を知られて狼狽しているものと曲解し、

「そうではあるまい。おれはここで男を見たのだ」

「何を申されているのですか。男などいようはずも。ご乱心なされては困ります」

「欺《あざむ》いていたな、おれを。そうであろう」

「しっかりなされませ、虎之助様。わたくしは何ひとつやましいことはしておりませぬ」

「男はどこへ行った、どこへ隠した」

虎之助が詰め寄り、朱姫は常軌を逸したその様子に怖れをなし、夜具から出て逃げ腰になって、

「落ち着いて下さりませ、何があったのか、最初から事を分けてお話し下さりませ」

「黙れ、許せぬ」

虎之助の理性が吹っ飛び、感情が爆発して白刃をふるった。

だが朱姫は決して悲鳴を上げず、ひたすら逃げ惑っている。叫べば近くに寝ている松木左内や家臣たちが駆けつけて来る。この事態が彼らの目に触れれば、すべては水泡に帰するのだ。そうなると、このあとで虎之助がどんな釈明をしても、春日藩としては聞き容れられなくなるは必定だった。

その時、とっさに朱姫はこれは何者かの謀略だと思った。そうでなければ虎之助が彼女に白刃をふるうなど、とても考えられないことだ。

朱姫が部屋の隅に追い詰められた。

狂気にも近い目で、虎之助が迫って来る。

「虎之助様、どうか目をお開け下さりませ」

決死の面持ちで朱姫が言った。

「朱姫、そなたはまだこの期《ご》に及んで……」

さらに虎之助が迫った。

うす明りに白刃が青白く光っている。

朱姫は必死の形相になって、

「わたくしはあなた様の妻になると決めております。その言葉に二言はございませぬ。そのわたくしがどうしてほかの男などと……よくよくご思案下さりませ」

「……」

「虎之助様、どうか」

不意に虎之助のなかで血が下るような思いがした。しだいに冷静に立ち戻って行くのがおのれでもわかる。改めて手にした脇差を不思議そうに眺めた。

(おれはいったい何をしていたのだ……)

慌てたように脇差を鞘《さや》に納め、ジリッと後ずさった。

「虎之助様」

「すまん、今宵のことは忘れてくれ」

それだけ言い残し、虎之助は逃げるように出て行った。

朱姫は虎之助を茫然と見送っていたが、しだいに緊張が解けてきて、がくっとその場に座り込んだ。いったい何が起こったのかはすぐにはつかめなかったが、ひとまず一難は去った気がした。


近くの小部屋に潜み、一部始終を耳にしていた蠟女はほっと胸を撫で下ろした。

(よかった、あの姫君様のお蔭で助かった)

しかしこれは失敗ではあったが、朱姫が必死の思いを虎之助にぶつけて切り抜けたものだ。蠟女は言われた通りにやるだけのことはやったのだから、小十郎はもう許してくれないだろうか。だが小十郎のあの冷酷な顔を思い浮かべると、その希みはうすかった。

雛蔵は人質に取られているのだ。

（どうしよう……）

蠟女が思い詰めていると、闇のなかから手が伸びて蠟女の肩を叩いた。朱姫の間《ま》夫《ぶ》を演じた下忍である。その男にうながされ、蠟女はしたがわざるを得なかった。

四

翌朝になり、家老屋敷で服部庄左衛門は妻女に手伝わせ、出仕の身支度を整えていた。

肩衣半袴《かたぎぬはんばかま》を身につけながら、何気なしに庭先に目をやった。立木が青々と繁り、紅色の大輪の花が咲いている。

牡丹《ぼたん》に目を奪われていた服部が、ふっとその奥の植込みに視線を向けた。微かに動く人影があったのだ。

それを目にするや、服部は妻女にもうよいぞと言って退らせ、玄関へ向かった。やがて妻女と二人の倅に見送られ、門を出たところで、従者の小者二人に先に城へ行くがよいと命じた。不審顔になる小者らによいから行けと言い、彼らが立ち去ると、服部は道の途中にある人目につかぬ雑木林へ入った。

するとさっき庭先にいた人影が後を追って来たらしく、すばやく近づいて来た。それは武家娘の身装になった薊で、今日も目立たぬ黒っぽい小袖を着ていた。

「お知らせ致したきことがございまして、馳せ参じました」

「薊であったな」

「はい」

いつもの厳格さとは異なり、服部は珍しく柔和な表情になり、薊に好意を見せて、

「わしの方からも話がある。実を申すとそちが現れるのを待っていた」

「はっ」

「まずそちの話から聞こう」

「下諏訪の本陣に、さる公家殿が泊まっているのをご存知で」

「公家じゃと？　いや、知らん。本陣には様々な身分の者が泊まる。当家に関わりなくば関心がない」

「関わりは大いにあるのです」

「どういうことじゃ」

「その御方は土御門胤熙殿と申され、前《さき》の権中納言《ごんのちゅうなごん》様にございました。かつては御勅使《ごちょくし》を務められたこともある雲上人《うんじょうびと》なのです」

それは色四郎が本陣の周辺を嗅《か》ぎ廻って、調べてきたことだった。

「その中納言がなんとした」

「土御門殿こそ、こたびの謀略の首謀者の一人なのです」

服部が色を変えた。

「な、なに……真か、それは」

「土御門殿はこの地に潜り込みし忍びを束ねております。狙いは外様潰しです。一味は鏡山藩を餌食《えじき》にせんとしているのです」

「ちょっ、ちょっと待て」

あまりに事が重大過ぎるので、服部はその場にしゃがみ込んでしまった。喘《あえ》ぐようにして一点を凝視し、考えに耽《ふけ》っている。

薊もその前に畏《かしこ》まり、服部を見ている。

「その方、当家を護るのが仕事と申したな」

「はい」

「それをまず聞かせい」

「わかりました」

そこで薊は甲斐の透波である身分を改めて明かし、諸国の大名家が巻き込まれる紛争や陰謀などに首を突っ込み、それを陰にて解決して生業《なりわい》としていることを打ち明けた。その上で、美作国上房藩家老牧口仙左衛門の手による血筆帳に端を発し、こたびの外様潰しの謀略にのめり込んでいった経緯を語った。

「上房藩のみならず、因幡国羽衣藩など、中小外様家が、この数年をかけて一味の餌食にされております」

「どこまでわかっているのだ、一味は」

「そこです、問題は」

薊が言葉を切って、

「それを話してよいものかどうか、迷うております」

服部が失笑した。

「ジラすでない、申せ」

「はっ」

薊がふんぎりをつけて、

「尼子道円、絹女、この両名は京の出で、村雲流と称する忍びの者たちなのです」

「それで土御門と結びつくのだな」

「御意。さらに土御門の下には、赤堀左宮と申す公家侍がついております」

おおよその察しはついていたことなので、服部に大きな驚きはなかった。

「おのれ、あの偽儒者め……」

吐き捨てるようにつぶやいておき、

「では薊、改めて尋ねるが、わがおん殿正弼様を闇討したのも彼奴らの仕業なのか」

薊が無言でうなずいた。

すると服部は無念の形相になり、憤怒の呻き声を上げた。その目尻に泪を滲《にじ》ませる。

「うぬぬっ、許せぬ人でなしどもめ……」

「ご家老、わたくしがためらったのは、道円らの名を上げると、ご家老はすぐに仇《あだ》討《うち》をなされると思うたからです。返り討ちにされまするゆえ、それだけはおやめになった方が」

「何を申す。仇の名がわかっていながら手をこまねいていられるか。わしが采配をふるって挙兵し、見事討ち取ってやる。表立って公家を討つわけに参らぬのなら、闇討でも構わん。そ奴ら、この領内を一歩も出さぬぞ」

「その三人を討っても事は収まらぬのです」

服部がまなじりを吊り上げ、

「ほかにもまだいると申すか」

薊が冷静な目でうなずき、

「土御門の上にさらなる何者かが。それを見つけ出して討たねば、この件は幕引きとはならぬのです」

「それは誰じゃ。見当はついているのか」

「いいえ、今のところ何もわかっておりません。ゆえに土御門や道円らを締め上げ、この外様潰しの決着を計りたいのです」

「餅は餅屋、おまえに委ねるしかないと申すか」

「はい」

「したがの、薊。その大黒幕はともかくとして、それだけ道円一味のほぼ全容がわかっていて、このわしに手を出すなとはちと無理があろう」

「はっ、それは確かに……」

「討たせてくれい、われらに。今もし彼奴らを取り逃がしたとしたら、後々悔やむことになる。一生慙愧《ざんき》に堪えぬ思いはしとうない」

「では、ご家老」

「うむ」

「われらに助太刀をさせて下さりませ。ご家中の方々と力を合わせ、存分に闘ってみせまする」

「相わかった、共に手を結ぼうぞ」

「はっ」

薊が少し頬笑んで首肯し、

「して、ご家老の方のお話とは」

「虎之助君が妙なのじゃ」

「妙とは」

「朱姫殿から聞かされたのだが」

「お待ち下さい、その朱姫様とはどなたのことですか」

「越後春日藩の姫君での、虎之助君《ぎみ》に惚れて嫁にしてくれと押しかけて参った」

色四郎が言っていた娘のことだなと、薊は察しをつけて、

「その御方はお城にご滞在なのですね」

「ずっといる。よしなに頼むとお父君からの文も貰った。わしも亡き正弼君も、この婚儀には大乗り気だったのじゃ。それゆえに大事にしている。また朱姫君は心根が大変やさしく、聡明なよき御方での、嫁御としては非の打ち所がない」

「お話を元に戻して下さい」

「その姫君の寝所に昨夜虎之助君がふらりと現れ、妙なことを口走ったらしい。男がいたであろう、どこへ隠したと申され、白刃まで抜いて姫に迫ったという。姫は身に覚えがなきゆえ必死で抗弁し、なんとか切り抜けたと申すのじゃが、わしにしてみたらそんな虎之助君は見たことがない。ご乱心するはずもないのに、なぜそのようなことを口走ったものやら。そのことでな、この先虎之助君のおん身に何やらよくないことが起こるような気がして、そちに相談したくなったのじゃよ。朱姫殿も謀略の臭いがすると申しておったわ」

「……」

「どう思う、薊。これもやはり道円一味の仕業なのか」

「なるほど」

薊は考え込んでいたが、やがて引き締まった顔を上げて、

「わたくしの方に心当たりがございます。それを確かめて参ります」

そう言うや、一礼して立ち去ろうとした。

すると服部は薊の袖をつかみ、

「待ちなさい」

「まだ何か」

「これをそちに進《しん》ぜたい」

ふところからずっしり重い金包みを取り出し、薊の手に握らせた。

「これは藩金ではなく、わしの手許金じゃ。まだ闘いは終わっておらぬが、こたびのその方らの働きへの感謝であるよ。有難う。助かった。百両ある。受け取ってくれ」

「………」

薊は何も言わずにそれを押し頂き、服部を見た。

「それはそれとして、当家がその方らを召し抱えたいと申したら、なんとする」

「いえ、それは……」

薊は微かな笑みを浮かべ、

「辞退させて頂きます」

「やはり駄目か」

「われらはまだ安息の地を得てはいけないのです」

「そうか、わかった。行け」

怒ったように言い、服部が背を向けた。

「残念であるぞ、わしが折角《せっかく》見込んだと申すに」

服部がこぼして振り返ると、薊の姿はすでにそこになかった。

「………」

そこで服部は、諦めた。

五

昼尚暗い鎮守《ちんじゅ》の森のなかを、雛蔵と蠟女は地を跳ぶようにし、必死で逃げていた。

追跡しているのは、小十郎と十人ほどの下忍たちだ。

昨夜、蠟女が下忍の一人と共に諏訪湖近くの船小屋へ戻ると、雛蔵は柱に縛られてぐったりしていた。蠟女のいない間に小十郎の折檻《せっかん》を受けたようだ。

介抱しようとすると、小十郎が現れて城での首尾を聞かれた。蠟女が答える前に、つき添っていた下忍がありのままを語った。蠟女のよがり声に虎之助がたぶらかされたのは事実だったし、そのあとの朱姫の説得で虎之助が正気に戻ったのは予想外の出来事だったから、小十郎としても何も言えなかった。

それで明日もう一度おなじことをやれと蠟女に言いつけ、小十郎は下忍を見張りに残して出て行った。

もう二度とあんなことはやるものかと心に決めていたので、それから蠟女は逃げる算段をした。

だが雛蔵は身も心も疲弊《ひへい》していて、口も利《き》けない有様だった。

そこで蠟女は一計を案じ、見張りの下忍を誘って小屋の外へ出ると、あんたの労をねぎらってやるよと言い、草むらで躰を与えるふりをした。下忍は蠟女の着物の前を開き、垂涎《すいぜん》の顔で陰毛を眺めていたが、やおら猛《たけ》り狂ったように身を重ねて来た。蠟女は下忍を受け入れるように見せかけ、その盆《ぼん》の窪《くぼ》に一気にかんざしを刺し入れた。こんな下種《げす》な奴に身を任せるものか、わたしの躰は雛蔵さんのものなんだと思っていた。

下忍の死骸を草深い所へ隠し、小屋へ戻って懸命に雛蔵を説得した。縛《いまし》めを解き、逃走することを迫った。

それでようやく雛蔵はその気になり、二人して小屋をとび出し、ともかく東へ向かってひた走った。

夜の明ける頃には善光寺西街道の会田宿《あいだ》へ辿り着き、そこからさらに走った。昼近くに青柳宿《あおやぎ》へ着いたところで、小十郎らの追手の影を見つけた。

それで街道を外れ、鎮守の森へ逃げ込んだのだ。

「蠟女、先に行ってろ」

雛蔵が立ち止まって言った。

「あんたはどうするのさ」

「あいつらを始末する。一生つきまとわれるのはご免だ」

「殺されちまうよ。あんたの勝てる相手じゃないよ、小十郎って人は」

「そんなことはねえ、おまえはおれの腕を知らないんだ」

雛蔵がふところから握りしめた苦無《くない》を取り出した。それは手裏剣をひと廻り大きくし、先端が鋭利に尖った鋼《はがね》製の忍器だ。

「やめて、雛蔵さん」

「早く行け」

雛蔵は蠟女の止めるのも聞かず、身をひるがえすや、勇猛にも小十郎の一団の方へ突進して行った。

小十郎らが一斉に広がって雛蔵を囲み、牙《きば》を剝いて襲う。

たちまち入り乱れた争いとなった。

苦無と忍び刀が烈しくぶつかり合い、森のなかに炸裂音を響かせた。宙を跳び、地に転がり、とんぼを切ってまた襲い、忍びたちの動きは常に予想外だった。

雛蔵がしだいに追い詰められてきた。

蠟女は木陰から身を竦《すく》めるようにして見守っている。

小十郎が忍び刀をふり上げ、雛蔵へ一直線に向かって来た。それは一気にかたをつけんとする気魄《きはく》に満ちていた。

ダダッと後退した雛蔵が、木の根に足を取られて転倒した。すかさず小十郎が刺《し》突《とっ》せんと踏み込んだ。

「うっ」

だが小十郎が呻き声を上げ、ギラリと四方に目を走らせた。その手首に卍手裏剣が突き立ち、鮮血が滴り落ちている。

同時に呻き声は下忍たちの間からも聞こえてきて、やはり次々に手裏剣を見舞われて態勢が崩れ、隊列が乱れ始めた。

姿を見せぬまま、薊、萩丸、菊丸が森の繁みのなかから小十郎らを襲撃しているのだ。

卍手裏剣は嵐となって間断なく飛来し、それを弾き飛ばす忍び刀の音が絶え間ない。

小十郎らは躱すのが精一杯で、退却せざるをえなくなった。

「くそっ、おのれ」

怒りの小十郎が見廻すが、依然として薊たちの姿は見えない。そうして気づいた時には雛蔵と蠟女の姿も消えていた。

六

救出した雛蔵と蠟女を、薊、萩丸、菊丸が囲んでいた。

そこは青柳宿《じゅく》から麻績《おみ》宿へ渡る途中の土橋の下で、上を通る旅人たちは彼らの姿に気づかない。小川が満々とした水を湛《たた》えて流れている。

蠟女が戸惑いを浮かべつつ、三人へ向かって手を突き、

「二度もお助け頂くなんて思ってもいませんでした。有難うございます」

薊が二人を交互に見て、

「あなたたちを助けたのにはわけがあるのですよ。それで探して追って来たら、襲撃に出くわしたのです」

そう言っておき、蠟女に向かって、

「昨夜、虎之助君をたぶらかしたのはあなたですね」

蠟女が躊躇《ちゅうちょ》なく答える。

「そうです、わたしと絹女殿です。絹女殿が虎之助君と酒宴を張り、薬を呑ませました。おまえ様もご存知かと思われますが、相手に正気を失わせる忍びの秘薬です」

「それは以前にも、おなじことをしていませんか」

「はい」

そこで蠟女は、因幡国羽衣藩藩主荒尾丹後守光仲の件を明かした。蠟女の漏らした偽のよがり声を奥方のものと錯誤し、光仲は奥方と侍女二人を狂乱の末に斬り捨てた。その時も絹女が城中に忍び込み、光仲の酒に秘薬を入れたのだ。その果てに羽衣藩は改易となり、大きな悲劇を生んだ。すべては道円、小十郎一味による謀略であった。

薊が得心して、

「わかりました、ではもうひとつ」

「はい」

「道円たちの上にいる、土御門という公家のことは知っていますね」

雛蔵と蠟女が見交わし、無言でうなずく。

「われらが知りたいのは、さらにその上にいる首謀者です。そのこと、聞いていますか」

蠟女がかぶりをふり、驚きを見せて、

「わたしは聞いておりません。確かに土御門様のことは知っていましたが、その上がいるなんて。雛蔵さん、あんたはどうなの」

雛蔵は目を伏せ、押し黙っている。

それは明らかに知っている様子なので、薊たちの視線が集まった。

すると萩丸が、

「雛蔵さんとやら、もはや一味に義理立てすることはないんですよ。どうせ抜けるのですから、せめて洗い浚《ざら》い教えてくれませんか」

「……」

「知っているの？　雛蔵さん」

蠟女が雛蔵を覗き込むようにして、

「だったら言いなさいよ、この人たちのお蔭で命拾いしたのよ」

「そんなことはわかってるよ、けどちょっと待ってくれ」

雛蔵が緊張を浮かべて言った。

「言うに憚られる人物なのですか」

薊が問うと、雛蔵は恐る恐る首肯して、

「実は、土御門様の上にはとんでもない御方が……」

全員が雛蔵に注目した。

「誰ですか、それは」

薊が追及する。

「鶴姫《つるひめ》様です」

「えっ」

小さく叫ぶような声が、薊の口から漏れ出た。

萩丸と菊丸も緊張を浮かべている。

雛蔵が畏まるようにして、

「そうです、将軍様の一人娘のあの鶴姫様のことなんです」

薊が青褪めたような顔色になり、衝撃を受けて考え込んだ。

薊と鶴姫とは宿敵のような間柄であった。

それは元禄十四年（一七〇一）、江戸城松の廊下における浅野内匠頭《あさのたくみのかみ》による吉良《きら》上野介《こうずけのすけ》への刃傷《にんじょう》事件に端を発していた。

浅野は即日切腹となり、吉良はお咎めなしという御沙汰《ごさた》が下り、その不公平な裁許に世情は騒然となった。万人の多くは浅野に同情し、吉良を憎み、断を下した綱吉に批判が集中した。

その後、赤穂藩はお家断絶となり、城代家老大石内蔵助を始め浪士たちは巷間《こうかん》に散り、虎視眈々《こしたんたん》として仇討の機会を窺った。

かつて薊が水戸《みと》家当主綱条《つなえだ》の依頼を受け、大石を護ることになった時、鶴姫はそれに敵対するかのようにして大石暗殺を企てた。

それは御家門、徳川御三家の二家である水戸家と紀州《きしゅう》家の対立でもあった。

水戸は大石ら赤穂浪士の擁護に廻り、紀州は撲滅の立場に立ったのだ。将軍綱吉の一人娘である鶴姫は、紀州家に嫁いでいたのだ。

彼女は綱吉に溺愛《できあい》され、不羈奔放《ふきほんぽう》に育った気性の烈しい娘であった。今年で二十七になるはずだ。

鶴姫は父を慕うあまり、その将軍としての評価を下げることになった赤穂事件を憂い、仇討をなさんとする大石を憎悪していた。

そこで鶴姫は邪《よこしま》な忍びの集団を雇って大石暗殺を計ったが、その企みは蓟たちの手によってことごとく打ち砕かれた。やがて赤穂浪士は仇敵吉良を討ち果たして本懐《ほんかい》を遂げ、結句は鶴姫の敗北に終わったのだ。

以来、蓟は鶴姫と相まみえることはなかったが、それが再びこうして対峙《たいじ》する羽目になるとは、まったく思ってもいなかった。

しかしこの鶴姫の所業は断じて許されることではない。いかに外様潰しが将軍家の秘めた本音《ほんね》だとしても、女の身で、何ゆえ鶴姫がそれを行うのか。将軍綱吉が陰でそれを命じているとは、よもや思えなかった。

鶴姫はまたぞろ公家や村雲流の忍びなどを雇い入れ、今度は仇討の阻止ではなく、罪もない外様を苦しめているのだ。不運に見舞われた人々が、さらにこの先も泣かされるのはもうご免だった。

（場合によっては……）

薊は胸のなかでひとりごちた。

場合によっては、鶴姫の息の根を止めねばなるまい。

心中ひそかに、薊はその覚悟をつけた。

七

何かを敏感に察知したのか、尼子道円と絹女は鏡山城から姿を消した。

それで服部庄左衛門の差配の下《もと》、家臣らが総出となって領内に非常線が布《し》かれた。

それにも拘わらず、道円、小十郎、絹女、そして多くの下忍たちは、霞《かすみ》のように城下から消え失《う》せたのである。

臨時の関所が設けられ、旅人は厳しく調べられた。

その三ヶ所の関所には、薊の命で色四郎、萩丸、菊丸がそれぞれ配置され、旅人に目を光らせることになった。彼らなら忍びはすぐに見破ることができるのだ。

現にその日の朝にも、領外へ出ようとした三人の下忍が召し捕られた。色四郎らの手柄である。それを知らせた時も色四郎らは決して前に出ず、十文字右京、門倉長三郎、岩城宇太夫らにひそかに耳打ちした。

十文字らは色四郎たちの正体は明かされていないものの、すべては服部が承知していることなので、何も言わずに服従していた。胸の内では色四郎らを、奇怪で尋常ならざる者たちと思ってはいても、彼らがそれをとやかく言うことはなかった。色四郎たちが敵でないことは確かなのだ。

下忍たちはいかにも善良な弱者を装い、百姓や行商人に化けてなんとか脱出を試みようとしたが、あえなくお縄となった。

色四郎らは、おなじ忍びとしてどこか忍び難いものがあったが、藩主暗殺をもくろんだ大罪人の一味なのだからと、心を鬼にすることにしていた。

服部は忙しく各関所を見廻っていたが、ある関所へ来て奇異な目になった。

春日藩家老の松木左内が、自分の所の家臣らと共に旅人を詮議《せんぎ》しているではないか。

「これ、松木殿、そこで何をしておられる」

服部が問うと、松木は悪いことが見つかった童のようにうろうろと視線をさまよわせ、「み、見ればわかり申そう。御藩のお手伝いをしているのでござるよ」

相変わらずの無愛想で言った。

服部はつむじを曲げて、

「それは無用に願いたい。当家のことは当家にお任せあれ」

「いや、そうもゆかん。これは朱姫様のご命令なのだ」

「姫の？」

「左様、このような事態になりながら、よくも知らん顔でいられるものだと叱られたわ」

「ほう、そういうことでござるか。しかし姫に言われずともわかりそうなものじゃがの」

「な、なんだ、その言い草は」

怒りかけ、松木は慌てて口を押さえて、

「あ、いや、貴殿との不仲も姫に叱られた。うまくやれぬのなら国表へ帰すとな。だからもう貴殿には逆らわぬことにしたのだ」

「存外に腰砕けなのですな。ことごとくこのわしに逆らうゆえ、見所のある御仁と思うていたが、がっかりでござる」

服部が揶揄《やゆ》めかして言った。

「なんとでも申されよ、宮仕えはつらいものよ」

「そんなにあの姫が怕いのか」

「朱姫様のお怒りを買ったらもういかん。春日藩ではやってゆけぬ。お姉上はおしとやかなご気性なのだが、朱姫様は違う。政治向きに何かと嘴《くちばし》をお入れなされる。しかも申されることがいつも的を射ており、藩政にも大いに役立つことがござる。ゆえにおん殿のご信頼もすこぶる厚いのだ」

「だからこのような押しかけも許されると申すか」

そのことを言われると、松木は苦々しくも忸怩《じくじ》たる顔になり、

「今さらそれを申されてものう……いかに虎之助君に惚れたからと申して、このような勝手な行動は許されるものではない。したが殿や御台様《みだいさま》がいくら止めても姫は聞かなんだ。思い立ったらすぐに動く。それが朱姫様なのじゃ。つまり朱姫様は、男に生まれた方がよかったような御方なのじゃよ」

「虎之助君もこの先尻に敷かれることがわかっていながら、喜んでおられる節がござる。わしとしてはあまり喜ばしくはないがの」

「そう申されるな。まっ、しかし、両家が栄えるとよろしいな」

「本当にそう思われるのか」

「むろんだ、貴殿は違うと申すか」

それには答えず、服部は木で鼻を括《くく》ったようにして松木から離れ、そこいらをぶ

らつきながら手形改めの旅人たちに目をやった。

するとー人の女が目に止まった。

それは鳥追いで、細く折れた編笠を目深に被《かぶ》って三味線《しやみせん》を抱え、のんびりとした風情で順番を待っている。

鳥追いというのは、門口に立って三味線を弾き、新内節《しんないぶし》、浄瑠璃《じようるり》などを唄って鳥目《ちようもく》を貰う女芸人のことだ。

服部は初めその女の背丈に注目した。尋常な女より上背があり、よく見れば筋骨も発達していて首も太い。

不審を露にし、服部はズカズカと女に近づいて行った。

「そこな女、こっちへ顔を見せろ」

一瞬、女の動揺するのがわかった。さらに女は笠を下げて顔を伏せる。

服部の不穏な様子に気づいた家臣たち、それに松木と連れの家臣らも駆け寄って来て女を遠巻きにした。辺りに緊張感がみなぎる。

他の旅人たちは怖れおののき、身を引いている。

「わしの申していることがわからんのか、笠を取ってその面《つら》見せよと申しておる」

女は暫しうなだれるようにしていたが、いきなり編笠を外して放り投げ、三味線の棹から仕掛けの仕込みを抜いた。

そこに現れた顔は、島田髷の鬘《かつら》を被って女装した小十郎である。白塗りの化粧が剝《は》げかかり、それは醜悪で滑稽でさえあった。

小十郎が仕込みを構えると、全員が抜刀して一斉に戦闘態勢に入った。

息詰まるような間があったのち、やおら小十郎がダッと身をひるがえした。全員が猛然と小十郎を追い、殺到して白刃をふるった。それに小十郎が応戦する。その太刀筋は鋭かったが、多勢に無勢でたちまち斬り立てられた。服部に横胴を払われ、松木に肩先を斬り裂かれ、家臣らに四方から斬られて血達磨《ちだるま》となった。

「くそう、おのれい……」

歯嚙みしながら虚空をつかんで倒れ、小十郎は絶命した。

服部は血刀を懐紙《かいし》で拭いながら、

「貴殿、なかなかやるではないか。若い者に負けてはおらんな」

松木は褒《ほ》められるや、そこで初めて嬉しそうな満面の笑みを浮かべ、

「いや、なんのこれしき。服部殿こそご立派でしたぞ」

「左様か」

服部も満足げにうなずいた。

それですっかり松木と打ち解けたような気分になったが、服部はいや待てよと思い、どこかですっきりしない感がした。それはやはり松木の度《ど》し難《がた》い頑迷《がんめい》さであり、おいおい正してやらねばと腹を括った。

両家が結ばれた時、それをやってやろう、ともかく頑固者はいかんのだと、自分のことは棚に上げて服部は思っていた。

八

暮れなずむ下諏訪の城下を、薊は目立たない武家娘の身装で歩いていた。

旅籠《はたご》の客引きの賑わいはどこの城下でもおなじだが、時節柄か、百姓娘が笊《ざる》に山盛りの蚕豆《そらまめ》を売り歩く姿に遭遇した。

そんな光景は江戸にはないから、ほっと薊の表情が和む。

その百姓娘を見ているうちに、やがて蠟女を連想し、雛蔵と蠟女は今頃どの辺りかと思いを馳せた。

二人は薊に深く礼を述べ、忍びを抜けて陸奥で暮らすのだと言って旅立って行った。村雲流の下忍として育った二人が、殺戮《さつりく》や陰謀などの世界から絶縁し、まともな渡世をしようとしているのだ。

（まともな渡世……）

その言葉を反芻《はんすう》し、苦笑した。

薊にとっては、今の渡世が極めてまともなのである。

人の怨嗟《えんさ》を背負い、その意趣《いしゅ》晴《ば》らしをひそかに代行してやる。それは尽きせぬことであり、そもそもこの世は悪があってこそ、善が存在するものと薊は思っている。

悪を尊ぶつもりはさらさらないが、悪心は誰の胸にも寄生している悪い虫のようなものだ。それが育ち過ぎた輩《やから》が世に災いを及ぼす。その結果、降らなくてもよい血の雨が降ることになる。いつも晴朗を希むわけではないが、血の雨だけは降らせたくない。限りない人の悪心に止どめを刺してやりたい。

それがこの仕事への情熱になっている。

気がつくと、父大石内蔵助の心情もこんなものではなかったかと、薊は近頃そう思う時があった。父の怨みの的は吉良上野介だったが、薊のそれは世に広く蔓延《まんえん》する悪い虫の退治にほかならない。

薊の脚は下諏訪の本陣に向かっていた。

道円、絹女は依然として行方をくらましたままだが、関所で小十郎が仕留められたことは色四郎の報告で聞いていた。

これより本陣に乗り込み、前中納言の土御門胤熙と対決するつもりだった。鶴姫とのつながりや、どのような密約で外様潰しを行ってきたのか、それを問い糾《ただ》し、罪状を告白させねば薊の気持ちは収まらない。

本陣が見えてきたところで、薊は目を険しくして物陰に隠れた。

兜巾を被り、錫杖《しゃくじょう》を手にした修験者姿の羽黒坊、すなわち公家侍の赤堀左宮がこっちへ向かって歩いて来たのだ。

赤堀は薊に気づかず、足早に通り過ぎて行く。

すかさず薊が追った。

追いながら気配にふり向くと、後方に萩丸と菊丸の姿があった。二人へ目顔でうなずいておき、薊がさらに赤堀を追跡する。

その曖昧宿《あいまいやど》は城下でも場末の場所にあり、絹女はそこの一室を借り受け、赤堀を待っていた。

やがて亭主の案内で赤堀が入って来た。

絹女の前に座るなり、赤堀は不機嫌な顔で錫杖を横に置き、絹女の飲みかけの徳利に口をつけて勝手に酒を飲んだ。

「ここで失敗《しくじ》るなんて思ってもいませんでしたよ」

赤堀に対しては、絹女は味もそっけもないもの言いだ。

「小十郎は死んだぞ」

絹女は承知の顔でうなずき、

「あれは徳のない人でしたから、死んだと聞かされてもわたしの胸には響きませんでしたよ。虎視眈々と道円様の座を狙っていたんですから」

「天網恢々疎《てんもうかいかいそ》にして漏らさず、とでも言いたいのか」

絹女は「ふん」と鼻を鳴らしただけで、それには何も言わず、

「それじゃ赤堀様、約束のものを頂きましょうか」

「はっきり申して、土御門様は出し渋っておられる」

「どうしてですか」

「鏡山藩にもう芽はない、退散するしかのうなった。それもこれもおまえたちのせいだ。ゆえにな、半分にしろとの土御門様の仰せなのだ」

絹女が表情を歪め、悪相になって、

「汚いったらありませんね、土御門様も。金は鶴姫様から流れているはずですよ」

「四の五の申すな、そういうことに決まったのだ。これを持って消えろ」

赤堀がふところから金包みを取り出し、乱暴な仕草で絹女に握らせた。そしてこんな女は用なしとばかりに席を立ち、錫杖を手に戸口に向かった。

するとそこで赤堀はヒタッと動きを止め、油断なく廊下へ耳を澄ましていたが、絹女に見返って含みのある目でうなずいた。

絹女が緊張の顔になり、帯の後ろに差した短剣を抜いた。

それと同時に、障子を蹴破るようにして薊がとび込んで来た。

カッと目を剝く赤堀に、薊は懐剣を容赦なく閃《ひらめ》かせて襲ってきた。その勢い凄まじく、赤堀は圧倒されて退き、ようやく態勢を整えて錫杖で応戦する。

絹女はその隙に隣室へ逃げ込み、姿を消した。

錫杖が唸りを上げてふり廻され、小簞笥《こだんす》や衝立《ついたて》が叩き割られる。

薊は俊敏に身を躱しながら赤堀のふところにとび込み、その喉に懐剣を突きつけた。

「ううっ」

動きがとれなくなり、悲鳴にも似た声が赤堀の口から漏れた。

絹女は曖昧宿の裏手の空地にとび出し、そこから逃げようとして、不意にその場に釘付けになった。

左右から萩丸と菊丸が近づいて来たのだ。

菊丸を見た絹女が憎悪を滾《たぎ》らせる。

「おまえ、あの時殺しておけばよかった」

「結果はおなじよ、あんたにわたしは殺せない」

菊丸は萩丸の動きを制し、忍び刀を鞘走《さやばし》らせて絹女に突進した。

絹女が短剣で応戦する。

白刃と白刃が交錯し、耳をつんざくような金属音を響かせた。

萩丸は絹女の背後に廻り、手を出さずに守りを固めている。

やがて絹女の手から短剣が弾き飛ばされ、すかさず躍り込んだ菊丸が絹女に忍び刀を突きつけた。

「うっ」

絹女が何もできなくなり、その場に身を崩した。

そこへ薊が赤堀を後ろ手に縛り上げ、引っ立てて来た。

絹女と赤堀が並んで座らせられる。

「道円はどこですか」

薊が絹女を睨んで問うた。

絹女は唇を引き結び、横を向く。

すると萩丸が身を屈め、いきなり絹女の着物の襟元《えりもと》をつかみ、ぐいっと左肩を露出させた。

乳房の上に黒蜥蜴が張りついている。

「この刺青、何人の男が触れたのかしら」

そう言うや、萩丸がつづけざまに絹女の頬を張りとばした。

「手ぬるいわよ、そんなのじゃ」

菊丸が小柄《こづか》を手にし、白刃を絹女の頬に食い込ませて、

「このきれいな顔をズタズタにしてやってもいいのよ」

「………」

こういう時のくノ一のやり方は生半可《なまはんか》な脅しではないから、絹女にはすぐにそれがわかってうち震えた。

「ま、待っておくれ」

屈しかける絹女を赤堀が怒鳴った。

「おい、仲間を売るのか」

その赤堀を、薊が固めた拳で殴った。

赤堀が鼻血を噴出させ、胸許がみるみる赤く染まっていく。

隙を見た絹女が、やおら逃げだした。

とっさに萩丸と菊丸が追う。

「ああっ」

突如、絹女が叫んで立ち尽くした。その胸に何本もの八方手裏剣が突き立っている。やがて絹女がどさっと倒れ伏し、そのまま息絶えた。

「危ない」

薊が危険を知らせ、萩丸と菊丸が物陰へ跳んだ。

闇のなかから無数の八方手裏剣が飛来してきた。村雲流の下忍たちだ。その一本が赤堀の喉を突き刺し、赤堀は唸り声を上げて倒れた。

薊、萩丸、菊丸が反撃に出て、卍手裏剣を矢継早に放った。

暗渠《あんきょ》のなかで絶叫が聞こえ、不意に攻撃がやんで静かになった。足音が遠ざかって行く。

薊が赤堀を助け起こすと、すでに赤堀の唇は紫色に変色し、死相を表していた。

萩丸と菊丸も駆け寄って来る。

「道円はどこですか」

「……知らん」

瀕死《ひんし》の赤堀の声だ。

薊が怕い目で食い入るように赤堀を見て、

「では土御門は本陣に隠れているのですか」

赤堀が弱々しくかぶりをふり、

「それは違う、土御門様はもうこの地にはおらん」

「なんですって」

「今朝方一番に下諏訪を出られ、すでに江戸へ向かわれた。先を読むのに長《た》けた御方なのだ」

――鶴姫の所だ。

薊はとっさにそう思った。さらに問い糾そうとすると、そこで赤堀はがくっとうなだれて絶命した。

「薊様」

萩丸が言い、菊丸と共に切迫した表情を向けた。

「菊丸、色四郎を呼んで下さい。わたしと萩丸はひと足先に江戸へ向かいます」

「はい」

そして薊は菊丸に、念のために本陣へ行って赤堀の言ったことの裏を取るように命じ、道円はかならず中仙道で捕まえると言った。

菊丸が立ち去り、薊は萩丸をうながして足早に歩きだした。

「もうここに戻ることはありませんね」

萩丸の言葉に、薊は前を見たままでうなずく。

「虎之助君と朱姫様、うまくゆくのでしょうか」

「あの二人についてはなんの心配もしていませんよ。鏡山藩に限って、両雄並び立つのですから」

「まあ、両雄ですか」

「そうです。あの姫がついていれば、藩も安泰でしょう」

スッと表情を引き締め、薊は突き進んだ。

九

仏間で兄の位牌《いはい》を拝んでいると、衣擦《きぬず》れの音がして、朱姫がしずしずと入室して来た。

虎之助が無言で見返ると、朱姫は神妙な面持ちで一礼し、数珠《じゅず》を手に絡めつけ、瞑目《めいもく》して拝んだ。

城内は夜更けて静かである。

やがて虎之助が朱姫の方へ向き直った。

「静かになったようだな、領内が」

朱姫は黙って虎之助を見たままで、こくっとうなずく。

「どうした、何か話でも」

「わたくし、明日国表へ戻ろうかと」

虎之助が誤解し、落胆の色になって、

「そうか、行ってしまうのか……うむ、無理もないな。すべてはおれの不徳の致すところだ」

「あのう、思い違いをなされては困りますのよ。久しぶりに父上と母上に会って来るだけなのですから。またすぐにここへ」

虎之助が半信半疑で、

「本当に帰って来てくれるのか」

「はい」

「いや、そんなはずは……すまなかった」

頭を下げた。

「なぜ詫びるのですか、虎之助様」

「あの宵のことだ。おれは錯乱していた」

「そのことはもうよいのです。気にしておりませぬ」

「そうなのか」

「ええ」

「しかしおれは悪い女にたぶらかされていたのだ。姫にも不実を働いたと思うている」

絹女の正体については、薊の口から服部に伝えられ、虎之助もそれを耳に入れていた。

「女を見る目もない暗愚な領主なのだよ、おれは。さぞ呆れているのであろう」

「いいえ、虎之助様に非はないのですから。ただ……」

「ただ、なんだ」

「些か軽はずみなところが」

「それは認める」

「女性にも弱いようですわね」

「う、うむ、まあ……」

「女二人に挟まれ、虎之助様は右往左往しておられました」

「そうだったかな」

「あれはよくありませぬ。両方によい顔をなさろうとするからです」

「そんなつもりはないんだが……」

「つまりはおやさしいのですね」

「優柔不断なのだよ」

「これからはしっかりとご意思を持って生きて下さりませ。その上で藩政改革に臨まれ、領民が苦しまぬよう、よき政治を執《と》り行わねばなりませぬ」

「姫の申す通りだ」

「虎之助様、これから二人して藩政に取り組みましょう」

「いや、それは……女は政治に口出しするものではないぞ」

「わたくしはよいのです」

「なぜだ」

「国表でもそうして参りましたし、わたくしの為したことがことごとく功を奏し、領内がうまくゆくようになったからです」

「政治の手腕があるというのか」

朱姫がにっこり笑い、オホンと可愛い咳払いをして、

「ですからこのわたくしにお任せを」

「おれの立場はどうなる」

「ですからご一緒に」

「男に暇ができるとろくなことがないぞ。おれは軽はずみで女好きなのだから、また悪い女にひっかかるやも知れん」

「そんなことはさせませせぬ」

朱姫が虎之助の手の甲をつねった。

虎之助が顔をシカめて、

「これ、何をする。痛いではないか」

「今度浮気をしたらこれどころでは済みませぬ」

「ならばおれを満足させろ」

「どのように？」

「こうするのだ」

虎之助が朱姫を強引に抱き寄せた。

十

上州安中《あんなか》宿の旅籠で、道円は白首《しらくび》の女たちを大勢侍《はべ》らせ、どんちゃん騒ぎをしていた。

時ならぬお大尽《だいじん》の出現に女たちは大喜びで羽目を外し、何人かは肌も露に踊っている。

しかし何をしていても忍びというものはすべてが見せかけで、心は冷めており、ましてやその晩の道円はいくら飲んでも酔えなかった。下諏訪での仕損じがまだ尾を引いているのだ。

それに宿場一の旅籠なのに食い物はまずかったから、早く江戸へ行ってうまいものにありつきたかった。

酒を運んで出入りする女中に、水っぽい酒を飲みながら、

「おい、わしの連れはまだ来ないか」

何度もおなじことを聞いている。

この地を待ち合わせ場所にしていて、道円は絹女を待っているのだ。といって絹女が恋しいわけではなく、要は彼女が運んで来る金が目当てだった。土御門との約束は百両なのである。

そのうち女たちが悪ふざけを始め、道円も座敷の真ん中へひっぱり出され、ムシられて裸同然にされた。いくら冷めていても、それはそれで面白いから、道円はいい気になって楽しんでいる。

そこへ女中が来て、道円に女の連れが来たことを告げた。竹の間に通してあると言う。

正気に戻ったようになり、道円は女たちを待たせて出て行った。

それを伝えた女中は空の徳利を片づけながら、腑に落ちない顔になっている。

連れと称する旅の女が、どうしても道円と結びつかないのだ。それは楚々《そそ》とした

生娘のようで清潔感があり、あんな灰汁《あく》の強い、得体の知れない道円とはとてもそぐわないのである。

女中は台所へ行って徳利を下げると、またお燗《かん》のついたのを盆に載せ、元の座敷へ向かった。

その時、竹の間の前を通り、妙なものを感じた。

明りはついているのにしんとして気配はなく、話し声もせず、不気味に静まり返っているのだ。

「もし、旦那さん……」

声をかけ、そろりと障子を開けた女中が、とたんに金切り声を上げた。

喉を斬り裂かれた道円が、血の海のなかに突っ伏していた。

十一

それから十日後の、江戸は赤坂喰違《あかさかくいちがい》にある紀州徳川家五十五万五千石の中屋敷である。

奥の院は底知れぬ静寂が支配していて、土御門胤熙は落ち着きのない風情で待たされていた。

夜とはいえ、きちんとした束帯姿に衣服を改めている。

下諏訪に供をすべて捨て去り、土御門はたった一人で逃げるようにして江戸へ辿り着いたのである。公家の身でそんなことをしたのは初めてで、道中どれほど苦労し、嫌な思いをしたか、ふつうの人ならなんでもないことでも、雲上人の彼にしてみれば筆舌に尽くし難いつらい思いだった。あのまま下諏訪にいると身の危険を感じてきたので、取るものもとりあえず江戸へ向かったのだ。

土御門が待っているのは、紀伊《きい》権中納言徳川綱教《つなのり》の妻、すなわち五代将軍綱吉のひとり娘鶴姫だ。

目通り願うとすんなり許され、奥の院へ通されたものの、長いこと待たされ、土御門はしだいにジリついてきた。

（麿《まろ》をなんと心得おるか）

憤懣《ふんまん》やるかたないのである。

元より朝廷にある身が、徳川家に頭を下げることすら沽券《こけん》にかかわるというのに、この何年かは外様潰しの件で鶴姫と手を組んできた。関係は対等と思っているのに、今宵のようにこうして放っておかれると、屈辱さえ覚える。出されたのは茶が一杯だけだ。

土御門の豆腐のようにふやけた顔が怒りで赤くなってきて、我慢できずに遂に席を立った。

その時、鶴姫が静かに入って来た。

「待たせましたな」

二十七歳の美姫《びき》は不機嫌そうで、冷たい風が土御門に向かって吹いてきたような感がした。

「あ、いえ、これは……刻限もわきまえず、麿も大変ご無礼を」

慇懃《いんぎん》に言って座り直した。

鶴姫は上段に着座すると、

「どうなりましたか、鏡山藩は」

土御門を見据えるようにして言った。

鶴姫は綱吉に似ず、母親である側室お伝《でん》の方の美貌を受け継ぎ、天下に並びなき女とみずから自負し、驕慢《きょうまん》の極致に立って生きている。おのれの手にかかれば、日没さえも止められると思っているような女だ。夜着とはいえ、白絹のきらびやかな衣装に身を包んでいる。

「それが、そのう……」

土御門が口籠もる。

「仕損じたのですか」

突き放すような鶴姫の声だ。

土御門が焦って、

「悪いのは村雲流の忍びどもなのでおじゃりまする。そこで姫にご相談を……仕組みを変えて新たに別の忍びを雇いませぬか。それには麿に心当たりが。いかがにおじゃりまするか」

「仕損じは許さぬと申したはずです」

「さ、されどこたびの件ばかりは……」

「原因はなんですか」

「くノ一におじゃりまする」

鶴姫が柳眉《りゅうび》を逆立てた。

「くノ一……」

「透波のくノ一で三人おりました。こ奴めらにことごとく邪魔をされ、揚句《あげく》にもくろみを潰されたのでおじゃりまする」

鶴姫が何も言わなくなった。

「姫、ご再考願えませぬか。この先も麿と手を組み、外様を潰しつづけようではおじゃりませぬか」

「……」

「それが何より、上様がお喜びになることにおじゃりましょう」

不意に鶴姫が不快な表情になり、高飛車になって、

「黙れ。この儀に関してはあくまでわらわの一存なのじゃ。みだりに上様のお名を出すでない」

「は、はあ……」

土御門は鶴姫の勢いに圧倒されて、

「されど、わらわがしていることはひとえに将軍家のおんためと、自負致しておる。かつては豊臣の禄を食《は》みし残党どもが、戦に負けるや物乞い同然にして徳川に尻尾を振る。しかして、その腹のなかでは、徳川への怨念を燃やしつづけている。見下げ果てた愚か者どもめが。すべての外様がそうとは申さぬが、わらわの考えではそのような物乞い大名を一掃したい。それゆえのこたびの密謀なのじゃ」

「よ、ようわかりまする。ですから、この先も麿と幾久しう……」

「そなたとはもう縁切りじゃ」

鶴姫がパチンと扇子を打ち鳴らした。

それが合図らしく、隣室から五人の屈強な侍が現れた。

「この者、成敗致せ」

侍たちが無言で承服し、土御門に一斉に群がった。

「な、何をなされる。姫、ご無体が過ぎましょうぞ」

青くなって慌てる土御門が庭へ引きずって行かれ、そこへ叩きつけられ、二人の侍が抜刀して斬り伏せた。

束帯を血に染め、土御門は声もなく絶命した。

「よい、退れ」

鶴姫が下知し、侍たちは消え去った。

上段に座ったままで、何やら考えに耽っていた鶴姫が、ふっと訝《いぶか》しい表情になった。

風もないのに網行燈の灯が揺れているのだ。

「誰かおるのか」

不安がよぎって辺りを見廻し、誰何《すいか》した。

金屏風の陰から忍び装束の薊が現れた。

鶴姫が「ひっ」と叫んだ。

「透波のくノ一にございます」

「な、何をしに参った」

凍りついた声で鶴姫が言った。

「お命頂戴に上がりました」

「なんと」

鶴姫が立って油断なく後ずさった。その背後は床の間で、見えないように太い房《ふさ》紐《ひも》が垂れている。

「何ゆえわらわの命を」

「申すまでもありませぬ。弱き万民のためです。あなたが灰となれば、どれほどの人々が救われるか」

ジリッ。

薊が忍び刀を抜き放ち、迫った。

鶴姫の手が房紐にかかった。

「名乗るがよい。その方の名を申せ」

「それを聞いてなんとなされまする。この世から消えるお人に、名乗りは無用にございましょう」

「わ、わらわは死なぬ。たとえ灰になっても甦《よみがえ》るのじゃ」

薊が皮肉な笑みで、

「そうかも知れませぬな。あなたは物怪《もののけ》なのですよ。将軍家のお血筋にお生まれになられたがため、どこかに人の心を置き去りになされてきた。ゆえに狂うておられる。本来、そのような御方は地獄の業火《ごうか》に焼かれねばなりませぬ。さあ、お覚悟なされませ」

「うぬっ」

鶴姫は烈火の目で薊を睨むが、何を思ってか狡知《こうち》の目になり、

「その方、わらわを敵に廻さば、この世に身の置き場はのうなる。それがわかっておるのか。それよりどうじゃ、手を組まぬか。忍び風情で生きるより、わらわがもそっと上に引き上げてくれようぞ」

「ご免蒙《めんこうむ》ります」

薊が身を躍らせたのと、鶴姫が房紐を引いたのが同時だった。

床の間が二つに割れ、鶴姫の姿はその下の秘密の抜け穴に消えた。消えるその瞬

間、鶴姫は凄まじい怒りの形相で薊を睨んだ。

薊がそれにつづこうとした時、十人余の侍たちが殺到して来た。それらが抜刀して薊に襲いかかる。

稲妻《いなずま》のように光る白刃をはねのけ、薊が孤軍奮戦闘った。その姿は怒り狂った雌《めす》の悍馬《かんば》のようで、侍たちを圧倒した。

やがて薊の姿が部屋から部屋へ疾走し、一陣の風のように消え去った。

そして掘割伝いに歩く薊の表情は、穏やかな水面のように変化していた。

だがその心には、烈しくも消えることのない復讐の炎が燃えていたのだ。

(きっと、どこかで……かならず……)

固い決意で、鶴姫への報復を誓ったのである。

光文社文庫

文庫書下ろし／長編時代小説
外《と》様《ざま》喰《ぐ》い　く《く》ノ《の》一《いち》忍《しの》び化粧《げしよう》
著　者　和《わ》久《く》田《だ》正《まさ》明《あき》

2011年5月20日　初版1刷発行

発行者　駒　井　稔
印　刷　萩　原　印　刷
製　本　ナショナル製本

発行所　株式会社　光　文　社
〒112-8011　東京都文京区音羽1-16-6
電話（03）5395-8149　編　集　部
8113　書籍販売部
8125　業　務　部

ISBN978-4-334-74939-2　Printed in Japan

組版　萩原印刷

お願い　光文社文庫をお読みになって、いかがでございましたか。「読後の感想」を編集部あてに、ぜひお送りください。

このほか光文社文庫では、どんな本をお読みになりましたか。これから、どういう本をご希望ですか。どの本も、誤植がないようつとめていますが、もしお気づきの点がございましたら、お教えください。ご職業、ご年齢などもお書きそえいただければ幸いです。当社の規定により本来の目的以外に使用せず、大切に扱わせていただきます。

光文社文庫編集部

松本清張短編全集 全11巻

生誕百年記念

「清張文学」の精髄がここにある!

01 西郷札
西郷札　くるま宿　或る「小倉日記」伝　火の記憶
啾々吟　戦国権謀　白梅の香　情死傍観

02 青のある断層
青のある断層　赤いくじ　権妻　梟示抄　酒井の刃傷
面貌　山師　特技

03 張込み
張込み　腹中の敵　菊枕　断碑　石の骨　父系の指
五十四万石の嘘　佐渡流人行

04 殺意
殺意　白い闇　蓆　箱根心中　疵　通訳　柳生一族　笛壺

05 声
声　顔　恋情　栄落不測　尊厳　陰謀将軍

06 青春の彷徨
喪失　市長死す　青春の彷徨　弱味　ひとりの武将
捜査圏外の条件　地方紙を買う女　廃物　運慶

07 鬼畜
なぜ「星図」が開いていたか　反射　破談変異　点
甲府在番　怖妻の棺　鬼畜

08 遠くからの声
遠くからの声　カルネアデスの舟板　左の腕　いびき
一年半待て　写楽　秀頼走路　恐喝者

09 誤差
装飾評伝　氷雨　誤差　紙の牙　発作
真贋の森　千利休

10 空白の意匠
空白の意匠　潜在光景　剥製　駅路　厭戦
支払い過ぎた縁談　愛と空白の共謀　老春

11 共犯者
共犯者　部分　小さな旅館　鴉　万葉翡翠　偶数
距離の女囚　典雅な姉弟

光文社文庫